2023. 3.

행복은 곁에 있어요~

할매 떡볶이 레시피

할매 떡볶이 레시피

윤자영

위즈덤하우스

1

높은 담과 철문 때문에, 해가 높이 떠 있지만 내가 서 있는 이곳은 어둡다. 나는 자유의 길로 나가는 거대한 철문 앞에 섰다. 16년. 조직에서 살인 혐의를 덮어쓰고 들어왔다가 이만큼 시간이 흘렀다.

"잘들 사쇼."

철문을 나서자 따스한 햇빛이 느껴졌다. 저쪽 건물은 항상 어둡고 추웠는데…….
교정국의 작은 정원을 지나 정문으로 나섰다.

같이 교정국을 나선 죄수들이 기다리는
사람들과 만났다. 조직을 위해 희생했지만,
환대는 없었다.

'기철이 네가 잠시 들어갔다 와라. 그럼 이
조직은 네 것이야.'

형님의 말을 믿은 내가 바보지. 하긴
배신당했다기보다 16년이란 긴 세월에 조직이
사라졌다. 게다가 나의 젊은 몸과 마음도 함께
말이다.

"아무리 그래도, 기다리는 자 하나 없으니
쓸쓸하구만."

나는 팔을 벌리고 고개를 하늘로
들었다. 감은 눈꺼풀 위로 나뭇잎 그림자가
아른거렸다. 그때 쇳소리 나는 목소리가 귀로
들어왔다.

"그게 뭔 짓이냐? 이놈아, 나왔으면 냉큼
오지 뭔 수작이냐?"

나는 눈을 뜨고 주변을 둘러봤다. 몸집

좋은 노파가 땀을 닦으며 다가왔다.

"……어머니."

"얼른 가자."

어머니는 말없이 과체중인 몸을
뒤뚱거리며 걷기 시작했다. 16년간 나를
기다려준 어머니. 나는 출소 후 갈 곳이 없어,
어머니 집에 들어가기로 했다. 성큼 뛰어
어머니 옆으로 가 보조를 맞췄다.

"어머니, 지금 어디 가요?"

"이놈아 어디긴 어디야, 집으로 가지."

"아니, 뭐 타고 가냐고요."

"버스 타러 간다."

16년 만에 자유의 시간을 맞는 아들에게
버스를 태우려는 어머니가 답답했다. 그것보다
본인도 걷기 힘들면서.

"자가용 없어요? 형, 누나는 뭐 하는데?"

"미친놈. 이거나 처먹어."

갑자기 입으로 물컹한 것이 들어왔다.

하얀 두부였다.

"잘 살고 있는 형, 누나에게 절대 연락할
생각 마."

하긴 내가 조폭 생활을 시작하자마자
이미 인연 끊자고 했었다. 그리고 살인 혐의로
징역형을 받았을 때, 본인들에게 피해가
올까 어디론가 이사하고는 모든 연락처를
바꿔버렸다.

"어머니한테는 그래도 연락 오지요?"

어머니는 대답 없이 가슴을 잡았다.
통증이 있는지 표정이 일그러졌다.

"왜 그러세요? 어디 아파요?"

"니…… 절대 형, 누나에게 연락하면 안
된다."

"누가 하고 싶대?"

어머니는 내 팔을 잡고 심호흡하고는 안
되겠는지 지나가는 택시를 잡았다. 나는 얼른
입 속의 두부를 씹어 먹고 옆자리에 올라탔다.

어머니가 식은땀을 흘리고 있었다.

"어디 아파요?"

"모두 기철이 니 때문이다. 가끔 가슴이
아픈 게 내 속이 망가져 그런 것이 아니겠냐?"

"참……."

나는 입을 다물었다. 그 대신 창밖의
풍경을 바라봤다. 그저 바깥세상을 보는
것만으로도 재미있었다. 그렇게 택시 타고
터미널로, 터미널에서 고속버스를 타고
P시로 그리고 다시 시내버스를 타고 P읍으로
이동했다. 벌써 하루가 저물고 있었다.

어머니는 급한 일이 있는지 시계를 보면서
빠른 걸음으로 걸었다. 다리도 불편하면서
노인네가 왜 이리 빠르담.

"어머니, 왜 이렇게 급해? 뭔 일 있어요?"

"빨리 따라와 이놈아."

어머니는 읍내 외곽에서 분식집을 한다.
분식집 입구의 낮은 턱에는 웬 교복을 입은

남학생이 앉아 있었다. 어머니가 그 아이를
불렀다.

"상혁아."

어머니가 부르자 남학생이 일어섰다.
머리는 반 삭발에 가까운 스포츠로 깎았고,
눈망울은 커서 소를 보는 것 같았다.

"안녕하세요. 할매, 30년 전통의 떡볶이
할매."

"그래. 내 너 기다릴 줄 알고 이렇게
서둘렀다."

아이의 목소리 톤이 높았다.

"어머니 쟤 뭐예요?"

"뭐긴 뭐야? 손님이지."

어머니는 분식집 문에 붙어 있던 '금일
휴업'이라고 쓴 종이를 떼어내고는 가방에서
열쇠를 꺼내 문을 열고 들어갔다. 상혁은
어머니를 따라 들어가 자신의 자리인 양 주방
옆에 별도로 마련된 일인용 책상에 앉았다.

"상혁아, 잠시 기다려라. 할매 옷 좀 갈아입고 올게."

어머니가 분식집에 딸려 있는 방으로 들어가자 상혁은 가방을 책상 옆에 놔두고 허공을 보며 말했다.

"할매 떡볶이. 직접 만든 만두와 먹으면 끝내줘요. 만두에는 잡채, 부추가 많이 들어 있어. 건강해요."

목소리의 톤이 높고 딱딱 끊어졌다. 허공에 손을 까닥까닥 흔들며, 눈으로는 주방의 백열등을 보았다. 상혁의 외모는 평범한 중학생이었지만, 잠시 본 것만으로도 장애가 있다는 걸 알 수 있었다. 나는 상혁에게 다가갔다.

"너 이 새끼 정체가 뭐야?"

"민상혁. P중학교 2학년 3반 24번."

"허허, 이 새끼 골 때리네."

상혁은 어머니가 떼어낸 종이를 집어

상혁의 눈앞에 들었다.

"너 글씨 읽을 수 있어?"

백열등을 바라보던 아이는 눈을 잠시 종이로 돌렸다가 다시 백열등을 향했다.

"금, 일, 휴, 업."

"뜻을 아냐고."

"오늘은 분식집을 안 연다."

"그렇지. 이 아저씨가 오랜만에 집에 돌아왔거든? 그러니 오늘은 집에 가라."

아이가 몸을 까딱거리는 반경이 점차 커졌다. 나를 힐끗 보고는 물었다.

"아저씨는 누구세요?"

"난 그러니까 할매 아들······."

"건달 쓰레기야."

어머니가 분식집으로 나오며 말했다. 상혁은 어머니를 보더니 힘을 얻었는지 표정이 밝게 변해 어머니 말을 따라 했다.

"할매 아들은 건달 쓰레기."

상혁은 그대로 되뇌었다.

"아, 어머니."

"할매 아들, 건달 쓰레기. 오랜만에 집에
왔다."

"이놈이. 난 무서운 아저씨야. 까불면 이
도깨비가 너 잡아먹는다."

나는 소매를 걷어 무서운 도깨비 문신을
보여주었다. 상혁은 눈을 돌려 문신을
바라보았다.

"할매 아들, 건달 쓰레기, 팔에 도깨비
문신."

어머니도 안 되겠는지 상혁에게 다가왔다.

"상혁아, 쓰레기는 빼자. 할매 아들
안기철이야."

"네. 할매 아들, 안기철. 팔에 도깨비
문신이 있어요."

어머니는 괜찮았는지 고개를 끄덕였다.

"그래그래. 할매가 너 기다릴 줄 알고, 어제

떡볶이랑 만두랑 남겨뒀다. 조금만 기다려."

어머니는 다시 주방으로 들어가 냉장고에서 떡볶이랑 만두를 꺼내 가스를 켜고 데우기 시작했다. 어머니는 여기서 40년간 분식집을 했다. 물론 나도 중학교 때까지 어머니의 떡볶이를 먹었다. 아마 고등학교 때 가출하기 전까지 먹었었지? 떡볶이 맛은 기억이 안 난다. 하지만 분식집 아들이라고 놀림을 당했던 기억은 남아 있다.

그나저나 아들이 16년 만에 빵에서 나왔는데 진수성찬을 차려주진 못할망정 떡볶이라니.

"어머니, 오랜만에 세상에 나온 아들에게 떡볶이를 주시려는 겁니까?"

"이놈아 상혁이가 문 앞에서 기다린 거 안 보이냐?"

왠지 아이에게 진 거 같아 서운한 마음이 들었다.

"애는 하루뿐이고 전 16년이라고요."

"상혁이는 하루라도 이 떡볶이를 안 먹으면 안 된다."

상혁이 손가락을 까닥하며 말했다.

"할매 떡볶이 맛있어요. 하루라도 안 먹으면 안 돼요."

나는 말을 반복하는 아이에게 화가 치밀어, 다가가 주먹으로 책상을 내리쳤다.

"넌 입 닥쳐!"

아이가 놀랐는지 몸을 움찔했다. 그리고 귀를 막고 몸을 까닥까닥 움직이면서 의미도 없는 말을 되뇌었다.

"움머히, 움머히, 움머히……."

어머니가 달려와 내 뒤통수를 한 대 때리고는 상혁을 안고 진정시켰다.

"괜찮다, 상혁아. 원래 저런 놈이야. 놀랄 것 없어."

상혁은 어머니 품 안에서 진정되는지

되뇌는 말이 점차 줄어들었다.

"어머니! 이 이상한 놈이 뭔데 이렇게
잘해주는 겁니까?"

"나 이상한 아이 아니에요. 엄마가 특별한
아이라고 했어요. 움머히. 움머히."

상혁은 작게 말했다. 말을 듣고 있었나
보다. 어머니는 안정된 상혁의 얼굴을 봤다.

"맞다. 상혁이 넌 특별한 아이란다. 이상한
건 저놈이지."

"할머니 아들 안기철. 팔에 도깨비 문신
있어요."

"그래. 그래."

"너 저능아야?"

내 물음에 상혁은 주눅 든 목소리로
대답했다.

"저능아 아니에요. 자폐 스펙트럼이에요."

"닥쳐!"

꼬박꼬박 하는 대답에 화가 치밀어

소리쳤다.

"무서워요. 움머히, 움머히, 움머히."

아이는 어머니 품으로 다시 파고들었다.
어머니는 나를 돌아보고 소리쳤다.

"바보 같은 놈, 장애 아이랑 싸울 거냐?"

나는 분식집 문을 벌컥 열어젖히고 밖으로
나갔다.

"아이 시발 이상한 놈 때문에 기분
잡쳤네."

고향이지만 갈 곳은 없었다. 나는
오래전에 떠났던 동네를 구경하기로 하고
걸었다. 원체 후진 동네라 새로운 건물이
들어서지는 않았지만, 간판은 모두 새로운
프랜차이즈로 바뀌어 있었다. 그 많던 다방은
카페로, 국밥집은 치킨집, 김밥집으로 변해
있었다.

배에서 꼬르륵 소리가 났다. 햄버거나
하나 먹을까? 나는 하얀 수염이 난 배불뚝이

할아버지 동상이 서 있는 햄버거 프랜차이즈 문을 열고 들어갔다. 이른 저녁이었지만 교복 입은 아이들 무리로 시끌시끌했다. 나는 주문을 하려고 종업원 앞으로 갔다. 빨간 상의를 입은 종업원에게 말했다.

"불고기 버거 세트로 하나."

종업원은 애써 미소를 지으면서 대답했다.

"손님, 키오스크로 주문해주세요."

"뭐? 키 뭐?"

종업원의 볼 근육이 꿈틀했다. 미소를 잃지 않으려고 노력하는 것 같았다. 손으로 뒤쪽을 가리켰다.

"저쪽에 키오스크가 있습니다."

마지막으로 햄버거를 먹어본 지 16년, 세상은 변해 있었다. 나는 반팔 소매를 걷어 팔뚝의 문신을 보이게 했다. 화려한 문신은 대화를 편하게 하니까.

"아이씨, 그딴 거 모르니까 그냥 당신이

주문받아."

종업원은 머뭇거렸다. 표정이 시시각각 변했다. 배고파 죽겠는데 왜 이렇게 시간을 끌어. 난 겁을 주고자 주먹으로 주문대를 쳤다.

"빨리 받지 않고 뭐 해!"

종업원은 갑자기 울음을 터뜨렸다. 뭐야? 겨우 이걸로 울어? 햄버거 가게 홀이 조용해지며 작게 속삭이는 목소리가 귀로 들어왔다.

"종업원한테 왜 소릴 질러. 진짜 이상한 사람이야."

"아니 팔뚝에 문신 봐봐. 조폭이야, 조폭."

"경찰에 신고할까?"

나는 목소리가 들리는 쪽으로 몸을 돌렸다. 학생들의 스마트폰이 모두 나를 가리키고 있었다. 감히 나를……. 나는 햄버거집 홀이 떠나가라 소리쳤다.

"이 새끼들 죽고 싶어!"

소리를 지르자 검정 셔츠를 단정하게 입은 남자가 눈앞에 나타났다.

"손님, 죄송합니다. 제가 주문받을게요."

웅성거리는 소리가 점차 커졌다. '경찰', '신고'라는 말이 계속 들렸다. 스마트폰은 계속 나를 가리키고 있었다.

햄버거 가게를 뛰쳐나왔다. 갑자기 몸에서 힘이 빠져나갔다. 멍청하게 의리 하나만 믿고 살인죄를 뒤집어쓴 바보에게 16년이란 세월이 내리는 응징이었다. 이제는 햄버거도 못 사 먹는 바보가 된 것이다.

고등학교 때 자주 가던 강가 뚝방으로 갔다. 뚝방에 앉아 흘러가는 강을 보았다. 강물이 많이 줄어 있었다. 저 아래쪽에 술 마시는 남자들이 있었다. 나는 담배에 불을 붙이고, 말라붙어가는 강물을 보았다. 학생 때는 물의 양이 엄청나서 수영도 하고 물고기도 잡고 그랬는데 강물도 늙은 것이다.

기후 위기라는데 이제 몇 년만 지나면 수명을 다할 것 같았다.

"어이, 아저씨."

어느새 뚝방 아래서 술 마시던 남자 세 명이 다가와 있었다.

"아저씨, 담배 좀 사다 줄래요?"

가까이서 보니 교복 입은 학생들이었다. 세상이 정말 변했다. 나도 학생 때 술 마시고 담배 피웠지만, 어른에게 이런 시건방을 떨지는 않았다. 햄버거 가게에서의 일 때문에 상대하기 싫었던 나는 교도소에서 배운 명상을 생각했다.

눈을 감고 심호흡 세 번 그리고 회피.

"그냥 가라. 아저씨가 오늘 기분 나쁘다."

"그럼 아저씨 담배 좀 나눠주세요."

나는 분노에 벌떡 일어났다. 한 놈은 노랑머리, 다른 한 놈은 금 목걸이, 또 다른 놈은 교복 셔츠 단추를 풀고 있었는데, 가슴

쪽으로 문신이 보였다.

"풋."

학생들의 양아치 놀음에 헛웃음이 났다.

"너희들, 그러니까 일진이냐?"

노랑머리, 금 목걸이, 문신이 인상을
구겼다. 노랑머리가 두 친구를 보며 말했다.

"뭐야. 이상한 아저씬데."

'이상한 아저씨'라 오늘 두 번째 듣는
말이다. 아까 햄버거 가게와 여기서 들었다.
갑자기 상혁의 얼굴이 떠올랐다.

나는 아까 상혁에게 이상한 놈이라고
했었다. 하지만 세상에서 이상한 놈은 나였다.
난 이상한 사람이 되기 싫었다.

"이놈들아. 난 이상한 사람이 아니야.
특별한 사람이지."

나의 말에 문신이 말했다.

"아이 시발, 말장난하나."

"이 새끼들이 내가 장난하는 것처럼 보여?"

옆구리에 충격이 느껴졌다. 노랑머리가 발차기를 한 것이다.

"아저씨 우리도 장난 아니거든?"

세상이 나를 이상한 놈으로 만드는구나. 나는 노랑머리의 복부에 주먹을 꽂아 넣었다. 노랑머리는 억 소리를 내며 바닥에 주저앉았다. 금 목걸이와 문신이 동시에 달려들었다.

감히 고등학생 양아치들이 덤벼? 혼쭐을 내주려는데 내 몸도 말을 듣지 않았다. 한창때는 조폭 다섯 명도 문제없었는데……. 난 조직에서 떠오르는 재원이었다. 180센티미터 키에 근육질 몸으로 두려운 것이 없었다. 상대 조직과의 전쟁 때면 항상 앞에서 맨주먹으로 싸웠다. 우리 조직의 위상은 점차 높아졌다. 그때 사망 사고가 났다. 큰형님이 상대 조직과 싸우다 칼을 잘못 사용한 것이다. 시체가 나왔으니 누군가 책임을 져야 했다.

상대 조직도 우리 조직도 희생양이 필요했다.
조직에서 위로 올라가려면 누구든 한 번쯤
조직을 위해 별을 달아야 했다. 형님의 제안도
있었지만, 나도 욕심이 있었다. 나는 그렇게
살인죄를 뒤집어쓰고 빵에 들어갔다.

　　나는 빵에서 몸만들기에 열중했다. 그렇게
7년이 흘렀을 때, 큰형님은 지병으로 황천길을
갔다. 조직은 대장이 사라지자 급속히
쇠퇴하기 시작했다. 언젠가 찾아온 조직의
동기가 한심한 표정을 지으며 말했다.

　　"기철아, 세상이 변했다. 요즘 젊은
조직원이 들어오지 않아. 우리 조직은 이제
해체됐다. 각자도생의 길을 찾기로 했다."

　　"병신 새끼. 넌 뭐 할 건데?"

　　"고향에 가서 농사나 지으려고."

　　로봇과 인공지능이 나오는 세상에서
칼부림하는 조폭은 버틸 수 없었던 것이다.
나도 운동하는 것을 그만두었다.

퍽, 눈앞이 번개가 치듯 번쩍였다. 그래도 운동을 그만두는 것이 아닌데……. 나는 웃통을 벗어 화려한 문신을 보였다.

"이 새끼들이 내가 누군 줄 알고."

딱!

각목으로 머리를 맞았다. 머리가 뜨겁다. 손으로 만져보니 빨간 피가 묻어 나온다. 피가 보이자 16년 전 몸의 기억이 슬슬 되살아났다. 그래 이 정도는 껌이었지……. 금 목걸이가 주먹을 내지르며 달려들기에 머리를 앞으로 내밀었다. 금 목걸이 주먹에서 우둑 소리가 났다. 그리고 바닥에 누워 주먹을 붙들고 울부짖었다. 이제 마지막 남은 문신을 돌아보자 그는 뛰어오며 각목을 휘둘렀다. 나는 옆구리를 맞으며 멱살을 잡았다.

"그래 이래야 양아치지."

살을 주고 뼈를 깎는다. 나는 귀싸대기를 올렸다. 문신은 그렇게 몇 대 맞고는 무릎을

끓었다.

"너희 P고등학교지?"

여기는 P시 이름을 딴 중학교와
고등학교가 하나씩 있다.

"나도 P고 나왔어. 중퇴했지만, 너희
선배라고. 문신 보면 알겠지만, 나 빵에 갔다
왔는데 이유가 뭔지 알아? 살인이야. 살인."

양아치들은 힘의 논리에 지배되기에 난
강력한 경고를 했다.

"앞으로 조심하자."

양아치들은 고개를 끄덕이고는 서로
부축하며 돌아갔다. 나는 담배를 입에 물었다.
입 안에서 통증이 생성되어 뇌로 전해졌다.
침을 뱉으니 피가 섞여 나왔다. 머리도 아프고,
다리도 아프고, 옆구리도 아프다.

"하~ 쪽팔리는구만."

터덜터덜 걸어 분식집까지 돌아왔다.
'30년 전통 할매 떡볶이.' 유리 벽에 빨간

시트지로 투박하게 오려 붙인 간판이다. 나는 '30년'이란 글자를 손으로 만졌다. 이제 40년 전통이 되었을 텐데……. 읍내의 가게들은 변하는데 어머니의 떡볶이 가게는 그대로였다.

"아, 노인네 간판이나 좀 바꾸지."

분식집 문을 열고 들어갔다. 음식이 가득 차려진 테이블이 있었다. 안쪽 방에서 소리를 듣고 어머니가 나왔다. 나를 힐끗 본 어머니는 국을 데우려는지 주방으로 들어가 가스 불을 켰다.

"꼴좋다. 니 또 콩밥 먹고 싶어서 싸우고 다니냐?"

나는 동그란 의자를 꺼내 테이블 쪽에 앉았다. 젓가락을 들고 불고기를 입에 넣어 씹었다. 입 안이 욱씬거렸지만 맛있다.

"뚝방에서 고딩들이 담배 피우고, 술 마시잖아요. 선배로서 한 소리 해줬지."

어머니가 미역국 한 그릇과 김이 모락모락

나는 밥을 쟁반에 가져와 내려놓았다.

"니 요즘 시대 학생들이 제일 무섭다.
다시는 건들지 마라."

나는 밥을 크게 떠서 미역국에 말았다.
그러고는 고기를 얹어 입에 가득 넣었다.
맛있다. 어머니가 걱정스럽게 보고 있어서
나는 피딱지가 붙은 입술을 내보였다.

"보면 몰라요? 내가 맞았으니 걱정 마요."

"아무튼 세상이 변했다는 거 잊지 마라.
그리고 상혁이한테 잘해줘라."

"가게에 소주는 없어요?"

어머니는 말없이 일어나 냉장고에서
소주병을 꺼내 올려주었다.

2

출소 후 첫 잠을 잤다. 익숙한 풍경이
아니다. 벽에 걸린 사진들을 보고 어제

출소했다는 사실을 다시 깨달았다. 소주 두 병을 마시고 늘어지게 잔 것 같은데 아침 8시였다. 어제 고딩들이랑 싸워서 그런지 팔다리 근육이 소리를 질러댔고, 숙취로 속이 쓰렸다.

떡볶이 가게에서 소리가 들렸다. 나는 문을 통해 가게로 나갔다. 가스 불 위에서 끓고 있는 큰 들통이 보였고, 어머니는 큰 양푼에 만두소를 만들고 있었다. 어머니는 나를 보더니 손에 끼고 있던 비닐장갑을 벗었다.

"앉아라."

어머니는 가게 테이블에 아침을 차리고는 마주 앉았다. 밥을 먹다가 어머니가 물었다.

"기철아, 니 이제 뭐 하고 살 거냐?"

그런 생각은 해본 적이 없다. 다시 돌아갈 조직은 없어졌다. 나는 밥을 씹으며 가게를 둘러봤다. 허름한 옛날 건물이다. 읍내 상권에서도 멀어 팔아도 별 볼 일 없을 것이다.

여기다 티켓다방이나 단란주점을 차리면
혹시나 가능성이 보였다. 안쪽에 살림하는
방까지 홀을 늘리면 평수가 꽤 나올 것 같았다.

"여기 몇 평이나 됩니까?"

나의 말에 어머니의 입으로 들어가는
숟가락이 멈췄다.

"쓸데없는 생각 마라. 내 눈에 흙이 들어갈
때까지 난 여기서 살 거다."

"내가 뭐 팔자고 했나? 어머니도 이제
일하시기에 힘에 부치시니 호프집이나 하나
차리면 괜찮을 것 같아서 말씀드리는 거예요.
떡볶이 팔아서 얼마나 번다고 그래요?"

차마 다방이나 술집이라고 말하지 못해
호프집이라고 말했다. 어머니는 밥을 입에
넣더니 들고 있던 숟가락으로 삿대질을 했다.

"떡볶이 팔아 너희 3남매 모두 키웠다. 네
놈이 받은 영치금 다 떡볶이 팔아 보낸 거야,
이놈아!"

"에이 밥맛 떨어지게. 그냥 의견이에요, 의견!"

나는 다시 밥과 계란 프라이를 입 안 가득 넣었다. 어머니는 눈을 가늘게 뜨고 말했다.

"설마 사람이나 죽이는 쓰레기 짓을 다시 하려는 건 아니지?"

나는 숟가락을 식탁에 탁 하고 놓았다.

"나 아니라니까! 조직을 대표해서 살인죄를 뒤집어쓴 거라고 몇 번을 말해요. 어머니가 떡볶이집 그만두고 호프집 차리시든가. 그럼 여기 붙어 있을 것 아니에요."

"꿈 깨라."

"됐어요. 다 필요 없어요. 돈이나 좀 주세요."

"돈 필요하면 일해. 이놈아."

"뭐, 핸드폰이라도 있어야 일을 할 거 아니에요?"

어머니는 시계를 보더니 남은 밥을 국에
말아서 후루루 넘겨버렸다.

　　"요즘 일이 힘에 부친다. 만두피 만드는 일
좀 도와다오."

　　가오 빠지게 무슨 만두피를 만들어.
하지만 어머니께서 일하지 않는 자 먹지도
말라고 해서 어쩔 수 없이 밀가루 반죽을 했다.
나는 반죽을 열심히 치댔다. 이게 뭐라고 땀이
뻘뻘 흘렀다.

　　"어머니, 기계로 만들면 안 됩니까?"

　　"겨우 만두피 만드는 데 기계를 쓰라고?
얼른 눌러라. 그래야 차진 반죽이 나오는
거다."

　　반죽을 30분은 치댔을까? 어머니는
반죽에 비닐을 덮고는 다른 대야에 다시
밀가루를 부었다.

　　"어머니 뭐 하세요?"

"만두피 만들지 않냐?"

"만들었잖아요."

"저건 차진 반죽이고, 이제 된 반죽 만들 거야."

어머니가 나를 일부러 고생시키려는 건가?

"왜 이렇게 하는데요?"

"그래야 강철 같은 반죽이 나오거든. 잔말 말고 핸드폰 사고 싶으면 어서 치대라."

나는 한숨을 내쉬고 반죽을 시작했다. 그렇게 30분 만에 된 반죽이 완성됐다.

"다음은 반죽을 펴야지."

다행히 홍두깨로 반죽을 펴는 원시적인 방법은 아니었다. 기계를 사용했어도 전기로 작동하는 방식이 아니라 손잡이를 돌려야 해서 힘이 드는 것은 마찬가지지만.

"자, 이제 차진 반죽과 된 반죽을 겹쳐서 다시 얇게 뽑아라."

나는 두 가지 얇게 펴진 반죽을 겹쳐

다시 손잡이를 돌렸다. 그렇게 고된 방법으로
반죽이 완성되었다.

"어머니, 이런다고 누가 알아줍니까? 그냥
사서 쓰세요."

"육시랄, 손님이 알아준다. 이래야 터지지
않고 쫄깃한 만두가 만들어지는 거야."

어머니는 완성된 반죽을 양손으로
길게 잡아 늘였다. 만두피는 신기하게도
투명해질 정도로 늘어나고서야 구멍이 나며
끊어졌다. 만두피가 쫀득한 것은 눈으로 봐서
이해됐지만, 제품을 사서 하는 것과 다를지
의문이었다. 주전자 뚜껑으로 수많은 만두피를
만들고서야 쉴 수 있었다.

"만두피는 일주일 치씩 밀어두고 만두는
아침마다 매일 만들어야 한다."

어머니는 자리를 잡더니 만두를 빚기
시작했다. 얼마나 만두를 만드셨는지 하나에
1초도 안 걸리는 것 같았다. 잠깐 지났지만,

쟁반에 만두가 수북이 쌓였다.

"이제 끝났죠?"

"단호박 좀 썰어줘라."

"거 핸드폰을 볼모로 너무하시네요."

내가 반발하자 어머니의 매서운 눈이
풀렸다. 무섭게 새겨진 주름도 힘이 빠지듯
내려갔다. 그리고 평소와 같은 걸걸한
목소리가 아닌 힘 빠진 노파의 목소리가
나왔다.

"내 요즘 힘이 빠져서 그런다. 단호박이
워낙 단단해야지 말이야."

뭐, 나도 고등학생들을 상대하기
힘들었는데, 어머니는 더하시겠지. 어머니
연세는 73세다.

"아니, 떡볶이랑 만두 파는 데서 단호박이
왜 필요해요?"

"떡볶이 양념장 만들 거야."

"어떻게 하는 건데요?"

단호박 양이 많아 만만치 않았다. 그리고 단호박은 정말 딱딱했다. 껍질을 벗겨내고 커다란 식칼로 자르는 일은 쉬운 일이 아니었다. 팔뚝에 핏줄이 부풀어 올랐고, 식칼을 잡는 곳이 따가웠다. 식칼을 놓고 손을 보았다. 엄지와 검지 사이에 물집이 생겼다. 어머니가 이런 힘든 일을 하고 있었다니 믿기지 않았다.

"이놈아, 뭔 생각 해! 얼릉얼릉 썰어!"

다시 기차 화통을 삶아 먹은 목소리다. 당했다, 당했어. 어머니는 핸드폰을 볼모로 나를 부려먹을 뿐이었다. 나는 오기로 단호박을 썰었다.

어머니는 만두를 모두 빚고는 콩나물 삶은 물에 많은 양의 단호박을 넣고 끓였다. 어머니는 다시 힘든 표정을 지었다.

"이것 좀 저어주련?"

"이제 안 속아요!"

어머니의 눈썹이 순식간에 올라갔다.

"그럼 핸드폰은 없어!"

"하~."

가슴 깊은 곳에서 탄식이 새어 나왔다.

"도대체 떡볶이 만드는데 단호박이 왜 필요한 거예요?"

"떡볶이 양념장 만들 거야. 단호박 죽에 고추장을 섞으면 은근한 단맛이 나는 국물 떡볶이를 만들 수 있어. 이것도 일주일 치 숙성 양념장을 만드는 거다."

나는 얼른 손을 흔들었다.

"전 떡볶이 만들 생각 없으니 가르쳐주지 마세요."

"에미가 힘이 점점 빠져서 그래. 자꾸 숨이 차면서 가슴이 아프고, 기억도 가물가물하고 말이야."

"이제 안 넘어가요. 어머니 꾐에 절대 넘어가지 않을 겁니다."

"야속한 놈."

씻으러 안에 갔다 오자 어머니는 홍합을
볶고 있었다. 멸치 비린내도 나는 것 같았다.
도대체 메뉴라곤 떡볶이와 만두밖에 없는데,
알 수 없는 레시피였다.

"어머니 도대체 뭘 만드는 거예요?"

"떡볶이 만든다."

"근데 홍합은 왜 볶아요?"

"떡볶이 육수 만드는 거야."

"참, 피곤하게 사시네요."

"쓸데없는 소리 하려거든 가게 앞이나 좀
쓸어라."

"돈은요?"

"먼저 쓸어."

완전히 머슴으로 부려먹으려고 작정을
했다. 할 수 없이 문 옆에 있는 빗자루를
가지고 밖으로 나갔다. 가게 앞은 깨끗했다.

그래도 한번 쓸고는 들어왔다.

"깨끗해요."

"가게 옆 느티나무까지 쓸어."

느티나무라면 20미터 정도 거리다. 교도소 악질 교도관도 이렇게 무식하지는 않았다. 어머니는 내 표정을 읽고는 말했다.

"니 조직에 있을 때, 나와바리 관리 안 하냐?"

말문이 막힌 나는 더 이상 대꾸하지 않기로 했다. 느티나무 아래 있는 의자에 앉았다. 분노가 올라올 때는 명상을 해야 한다.

의자에 앉아 코로 숨을 찬찬히 들이마시고, 입으로 내뱉었다. 다시 숨을 들이쉬어 뇌로 보내 분노와 잡념을 사로잡아 몸 밖으로 내보냈다.

성공이다. 하지만 분노가 사라지자 비참함이 다가왔다. 나는 담배를 꺼내 불을 붙였다. 빵에만 갔다 오면 멋진 인생이 기다리고 있어야 했다. 고급 차를 타고, 고급 옷을 입고, 부하들의 인사를 받으며 고급 양주를 마셔야 했다. 하지만 현실은 만두피를 만들고, 떡볶이 양념장을 만들었다.

　"젠장. 2대째 떡볶이를 팔면 참이나 멋있는 그림이겠네."

　담배가 한 개비, 두 개비 늘어났다. 어느덧 시간은 11시가 되었다. 떡볶이 가게 앞에 자가용이 서기 시작했다. 신기하게도 사람들이 어머니 가게로 들어갔다. 읍내에서 멀어 차들이 별로 없었는데 도로로 들어오는 차는 어김없이 길가에 주차하고 가게로 들어갔다. 길가에 주차하는 차가 많아져 여기 느티나무까지 왔다. 신기한 생각이 들어 가게로 가봤다. 나이 든 사람부터 아이를 업고 있는 사람까지 모두 떡볶이를 먹고 있었다. 어머니는 나를 보자 호통쳤다.

　"이놈아. 이제 들어오면 어떡해! 이거 저기

8번 테이블에 갖다줘라."

내가 눈에 힘을 주자 어머니는 찬장에서
신용카드를 하나 꺼내 흔들었다. 할 수 없이
쟁반을 잡았다. 테이블이 열 개나 있었는데,
만석이었다. 기다리는 사람도 있고, 포장하는
사람도 있었다. 사람들은 국물 떡볶이에
만두를 넣어 깨서 먹고 있었다.

모두 20~30년 전부터 떡볶이를 먹던
사람이라고 했다. 그때, 한 중년 여인이 들어와
떡볶이를 주문했다.

"할매, 저 왔어요."

"서울에는 떡볶이 가게 없어?"

"여기보다 맛있는 곳이 있어야지요. 다른
떡볶이는 영 입에 안 맞더라고요."

어머니는 만두와 떡볶이를 따로 포장해
내주었다.

"여깄어."

"할매, 건강해야 해요. 그래야 이 떡볶이

계속 먹지."

"쓸데없는 소리."

점심시간이 지나자 사람들이 드문드문
왔다. 나는 이제야 정신을 차리고는 메뉴판을
봤다. 이렇게 판다면 커피나 술을 파는 것보다
더 많이 벌 것 같기도 했다. 하지만 떡볶이,
만두, 만떡이는 모두 3000원이었다. 만떡이는
떡볶이와 만두를 섞은 거였다. 그 옆엔 더
가관인 말이 쓰여 있었다. '학생 2000원'. 나는
손가락으로 메뉴판을 가리켰다.

"어머니, 이거 남아요?"

어머니는 물에 불린 새 떡을 판에 가득
담고는 오전에 만든 양념장을 국자로 퍼서
넣었다. 그러고는 육수를 붓고 주걱으로
저었다.

"돈 벌라고 하냐? 그저 맛있다고 찾아주는
게 감사해서 한다."

나는 홀을 돌아보고는 사람들에게 들리지

않도록 어머니에게 작은 소리로 말했다.

"가격을 올리세요. 그래도 저 사람들은 사 먹을 거라고요."

"미친놈."

어머니는 경제를 모른다. 모두 어머니의 수고를 덜어드리려는 아들의 마음인데 왜 몰라준단 말인가? 그리고……

"아들에게 미친놈이 뭐예요?"

"살인자 놈."

나는 뒤를 돌아보았다. 사람들이 눈을 힐끗거렸지만 크게 의식하는 것 같지는 않았다.

"아니라고 몇 번을 말해요. 조직 대표로 뒤집어쓴 거라고요."

"그럼 멍청한 놈."

대화로는 어머니를 이길 수가 없다. 고등학교 때 가출한 이유도 도대체 대화가 통하지 않아서였다. 갑자기 배가 고팠다.

거의 모든 사람들이 만떡이를 먹었다. 중학교 때는 별맛이 없었는데 긴 세월 동안 뭔가 바뀌었을까? 나도 맛이 궁금해졌다.

"저도 만떡이 좀 줘보세요."

어머니는 말없이 플라스틱 그릇에 김이 나는 만두를 올리고 그 위에 떡볶이를 부어 내려놨다. 나는 그릇을 가져와 빈 테이블에 앉았다. 새로 만든 떡과 불어터진 떡이 보였다. 이게 도대체 뭐가 맛있다는 거야? 나는 떡볶이를 집어 입에 넣었다.

은은한 단맛이 전해졌다. 단호박 때문일 것이다. 이번에는 숟가락으로 만두를 퍼서 깨물었다. 만두 속에서 맛있는 야채 즙이 나왔다. 만두피는 얇지만, 만두의 안쪽에 야채 즙이 그대로 있었다. 빨간 떡볶이 국물과 섞으니 저절로 목으로 넘어갔다.

"맛있네."

순식간에 그릇이 비워졌다. 한 그릇 더

먹을 수 있을 것 같았다. 어머니는 말없이 한 그릇 더 만들어 와 테이블에 내려놨다.

"맛있네요."

"알면 됐다."

"근데 점심시간도 지났는데 왜 이렇게 많이 만드시는 거예요?"

"이제 학생들이 끝날 때가 됐다."

"도와줄 테냐?"

어머니는 과체중이다. 오전부터 뜨거운 불 앞에 하루 종일 서서 떡볶이를 만들었다. 땀을 뻘뻘 흘리며 주방을 돌아 나와 홀 서빙까지 하기는 힘들 것이다.

"핸드폰은 내일 사도 되니까."

"팔뚝에 문신, 학생들 보기 그러니까 긴팔 입고 나와."

나는 어머니 말대로 긴팔을 입고 나왔다. 아이들이 들어오기 시작했다. 어머니는 만떡이를 만들어 선반에 올렸다.

"1번 테이블 먼저다. 그리고 아이들은 음료도 마시니 잊지 말고 꺼내 가라."

그렇게 서빙할 때, 어제 본 상혁이 들어왔다. 상혁은 나를 보자 흠칫 놀라며 제자리에서 몸을 까딱까딱 흔들었다.

"움머히, 움머히."

어머니가 주방에서 그런 상혁을 보고 말했다.

"상혁아 괜찮다. 아저씨가 이제 안 그럴 거다."

나는 힘을 주어 눈을 부라렸다.

"어서 들어와."

상혁은 나를 곁눈질로 바라보며 작게 속삭였다.

"움머히. 할매 아들 안기철, 팔에 도깨비 문신이 있어요."

근처 테이블에 앉은 아이들의 시선이 나에게로 모였다. 난 상혁에게 다가가

어깨동무를 했다. 힘을 줘 목을 강하게
끌어당겼다. 그리고 귀에 대고 작게 말했다.

"이 이상한 놈이! 아저씨 자꾸 놀릴래?"

"움머히. 목이 아파요. 이상한 놈이
아니에요."

어제 햄버거 가게와 양아치들에게 이상한
놈이라고 들었던 말이 생각났다. 나는 상혁의
귀에 대고 말했다.

"으흠. 너도 아저씨 도깨비 문신이라고
놀리잖아?"

"도깨비 문신 멋있어요."

상혁의 눈동자는 소처럼 순진했다.
거짓말은 아닌 것 같았다. 나는 상혁의 귀에
대고 속삭였다.

"등에는 더 멋있는 문신이 있지."

언제 왔는지 어머니가 다가와 내 등짝을
후려쳤다.

"아, 아파요.. 왜 그래요?"

"상혁아, 네 자리로 가서 앉아라."

"네네. 내 자리로 가서 앉자."

상혁이 주방이 보이는 일인용 책상에 앉자
어머니는 나를 보고 눈을 부라렸다.

"상혁이는 여기서 저녁때까지 있을 거야."

"매일요?"

"그래, 애 엄마가 일 끝나고 데리고 갈
거야."

"아이고, 자원봉사자 나셨네."

어머니는 만떡이를 만들어 탁자에 내놨다.

"이건 상혁이 거다."

정량보다 더 수북했다. 나는 그릇을
가져가 상혁의 책상에 올렸다. 그리고 상혁의
귀에 속삭였다.

"할매 얼굴, 도깨비 얼굴."

내 말에 상혁은 어머니 얼굴을 한 번
보고는 다시 허공으로 눈을 돌렸다. 그러고는
그 말을 그대로 되뇌었다.

"할매 얼굴, 도깨비 얼굴."

그 말을 들은 어머니의 인상이 더욱 구겨졌다. 어머니는 아이들이 듣지 못하게 입술 말로 내게 욕을 했다. 후후 그래도 속이 조금 후련해졌다.

"할매 떡볶이 맛있어요. 단호박 죽으로 만든 양념장이 비법이에요."

상혁은 입에 떡볶이를 집어넣었다. 오물오물 씹더니 미소를 지으며 허공에 의미 없는 손짓을 했다.

"잡채와 부추로 만든 만두는 건강해요. 차진 반죽과 된 반죽으로 강철 같은 만두피를 만들어서 야채 즙을 보존해요."

상혁은 만두를 입에 넣고는 같은 손짓을 반복했다.

"너 정말 맛있게도 먹는구나."

"할매 떡볶이 맛있어요."

"그래, 많이 먹어라."

중학생들이 물결처럼 들어왔다
빠져나가자 고등학생들이 들어왔다.
고등학생이 빠지자 어른들이 왔고, 저녁
시간이 지나서야 가게는 겨우 한산해졌다.

상혁은 500피스짜리 퍼즐을 맞추고
있었다. 수많은 퍼즐 조각을 양손에 몇 개씩
집더니 맞는 자리에 가져가 넣었다. 특이한
것은 대개 귀퉁이와 모서리를 먼저 맞추기
마련인데 상혁은 캐릭터 얼굴을 완성하고
주변으로 퍼져나가며 맞췄다는 점이다. 나는
옆에서 상혁을 관찰했다. 웬만한 어른보다 더
잘하는 것 같았다. 어머니가 옆으로 왔다.

"애 엄마 말로는 상혁이가 퍼즐을 잘하고,
순서도 잘 기억한다고 하더구나."

"퍼즐 조각을 모두 외운 것 같아요. 정말
기억력이 특별한 아이가 맞네요."

어머니는 신용카드를 내밀었다.

"오늘 정말 수고했다. 핸드폰 사라."

왠지 칭찬으로 느껴졌다. 하긴 오늘 아침부터 열심히 일했지. 하지만 떡볶이 팔아서 푼돈을 버는 어머니가 100만 원에 육박하는 스마트폰을 인정할까?

"어머니 스마트폰 가격 아세요?"

"읍내에 K텔레콤으로 가서 사라. 할매 떡볶이집이라고 말하면 사기는 치지 않을 거야."

"사기를 떠나서 스마트폰은 엄청 비싸요."

"내가 그것도 모를까? 출소 기념 선물이다. 이제는 똑바로 살라는 의미야."

어머니는 내가 다시 조폭 생활로 돌아갈까 걱정했지만, 갈 곳도 없을뿐더러 몸이 늙어 이제는 고등학생 상대하기도 힘들 지경이다. 정말 마음잡고 다른 일을 해야 한다.

3

출소 후 한 달, 세상이 만만치 않다는
것을 깨달았다. 특히 중년의 전과자에게는
말이다. 구직 활동을 열심히 했지만 읍내
어디에도 취직할 수 없었다. 편의점, 카페,
햄버거 가게는 나이가 많다고 했고, 당구장,
치킨집에서는 정중하게 사양했지만, 팔 아래로
내려오는 문신을 힐끗거렸다. 나는 구직에
실패할 때마다 술을 찾을 수밖에 없었다.

어머니는 그런 나를 가만히 두지 않았다.

"이놈아, 해가 중천이다. 어서 일어나!"

"아, 어머니 잠 좀 잡시다."

"죽으면 계속 잘 잠, 뭐 이렇게 자려는
거야?"

어제 먹은 소주가 올라왔다.

"해장국 있어요?"

"이놈아, 여기는 해장국 가게가 아니라

떡볶이 가게야."

"콩나물국 좀 끓여주세요."

"일해. 일하지 않는 자 먹을 자격이 없어."

나는 어쩔 수 없이 만두피를 만들고,

단호박을 이용한 떡볶이 소스를 만들었다.

밥을 얻어먹으려면 서빙을 해야 했다.

"기철아, 만두 좀 빚어봐라."

"어머니 하다 하다 만두까지 빚으라고

합니까? 이제 이거만 빚으면 나 혼자서도

떡볶이 가게 할 수 있겠습니다. 못 해요.

만두는 절대로 못 빚어요."

어머니는 가슴을 부여잡았다.

"내 가슴이 아프고, 힘들어서 그런다니까."

"안 속아요."

나는 방으로 들어가 옷을 입고 나왔다.

가오 떨어지게 떡볶이 가게에서 서빙을

할 수는 없었다. 하나 보류해둔 일자리가

있었다. 읍내 유일한 단란주점의 웨이터다.

오전엔 문이 닫혀 있어 점심을 먹고 뚝방을
서성거리다가 오후에 문 열린 주점으로
들어갔다.

주인은 30대로 보이는 젊은 남자였다.
사장은 소파에 다리를 꼬고 앉아 편안하게
등을 기댔다. 내가 너보다 위라는 허세다.

"웨이터를 할 나이는 아닌 것 같은데……."

"이런 시골에서 손님도 거의 영감들뿐이니
나이가 상관있겠습니까?"

남자는 나를 위아래로 훑어보았다.

"전에 조직에서 생활했습니까?"

"그게 중요합니까?"

"뭐, 다른 일을 할 수는 있을 것
같아섭니다."

"무슨 일입니까?"

"뭐, 전에 하시던 일일 것입니다. 채권도
받아내고, 도망간 아가씨도 잡아오고."

전에 하던 일이 맞다. 마음잡기로 했는데

이런 일을 다시 시작해도 될까? 고민을 하던 차에 사장이 물었다.

"학교 다녀오셨어요?"

"그렇소."

"무슨 죄로요?"

"살인. 문제 됩니까?"

남자는 살인이라는 말에 꼬아 앉은 다리를 슬쩍 풀었다.

"돈만 받아오셔야지 채무자를 죽이면 안 됩니다."

"당연히 그런 일은 없지요."

"오토바이 탈 줄 알죠?"

나도 모르게 일을 받아들였다. 뭐, 폭력만 행사하지 않으면 전으로 돌아가는 것은 아니리라. 스쿠터를 타고 찾아간 집은 시골의 양옥집이었다. 정형수 할아버지가 빚진 300만 원을 받아오라고 했다. 할아버지를 부르니 웬 할머니가 뒷마당에서 돌아 나왔다. 마른

체형이지만 허리를 잘 펴지 못해 뒤뚱거리며
걸었다. 걸음걸이에서 어머니가 투영되어
보였다.

"……정형수 할아버지 계세요?"

"영감은 나갔어."

"할아버지가 빚진 거 아세요? 300만
원이요."

"영감이 무슨 빚을 져?"

수첩에는 단란주점 외상값이라고
쓰여 있었다. 단란주점에 영감님들이 많이
들락거렸는데 여자를 붙여서 이런저런
명목으로 외상을 지게 했을 것이다.

"읍내에서 술을 마셨어요. 외상값이에요.
빨리 안 갚으시면 더 늘어날 거예요."

술값이라는 말에 할머니 인상이 구겨졌다.

"이놈의 영감탱이."

할머니는 전화기를 꺼내 어디론가 전화를
걸었다. 할머니가 전화를 건 사람은 딸인 것

같았다. 통화하던 할머니가 나를 보았다.

"딸이 보이스 피싱이라는데?"

나는 수첩을 들고 있던 팔을 축 떨어뜨렸다. 앞으로 이런 일을 계속해야 한다고 생각하니 가슴 깊은 곳에서 한탄이 절로 나왔다.

"할머니, 이렇게 찾아오는 보이스 피싱이 어디 있어요?"

할머니는 내 말을 전화기에 반복했다. 딸의 목소리는 스피커폰으로 켜둔 것처럼 크게 들렸다. 절대 주지 말라는 소리였다.

"전화기 줘보세요."

나는 전화를 받아 할아버지 빚에 대해 설명했다.

"정형수 할아버지가 읍내 단란주점에 외상값 300만 원이 있어요. 할아버지께 전화해보시면 알잖아요."

딸은 속사포 같은 말을 쏟아냈다. 경찰에

신고한다느니 사기라느니 떠들기 시작했다.
나는 전화기를 귀에서 떨어뜨렸다. 딸은
말을 멈출 생각이 없었다. 고막에서 통증을
느껴보기는 처음이었다. 나는 전화기를 평상에
올려두고 할머니에게 말했다.

"할머니, 어서 돈 갚으시고 할아버지 집에
잘 붙들어두세요. 여자가 붙었을 거예요."

"뭐라고? 여자!"

"네, 더 늦지 않게 빨리 서두르셔야 해요.
어서 딸보고 오라고 하세요. 읍내 단란주점에
가서 영감님 빚 갚고 사장한테 다시는 외상값
안 갚아줄 테니 외상 주지 말라고 하세요."

나는 할머니를 위해 진심으로 조언을
했다. 수첩에는 영감님들 이름만 가득했다.
단란주점 사장은 시골에서 돈 버는 법을
찾아낸 것이다.

조금만 젊었다면 열심히 했을지도 모른다.
하지만 어머니와 며칠 생활했다고 마음이

여려진 것 같았다. 할머니가 어머니로 보여
외상값 수금하는 일은 도저히 할 수 없었다.
나는 다시 스쿠터를 타고 단란주점으로
돌아갔다. 사장 남자가 왜 이렇게 빨리
돌아왔냐는 눈빛을 보였다. 난 수첩을 책상
위에 던졌다.

"도저히 못하겠수다."

"왜?"

왜냐고? 넌 애비에미도 없냐? 말했다가는
주먹을 날릴 것 같아 대답 없이 돌아섰다.
하지만 분노는 끓어올랐다. 나는 계단을
오르다가 벽을 잡고 멈췄다. 교도소에서
배운 대로 명상을 시작했다. 다행히 열기가
가라앉았다.

"도대체 내가 왜 이러지? 늙었나."

다시 계단을 내려갔다.

"야, 이 개새끼야. 등쳐먹을 사람이 없어서
부모님 같은 노인들 등을 쳐먹냐?"

눈이 휘둥그레진 사장이 일어섰다. 앉아
있을 때는 몰랐는데 거의 나와 맞먹는 키와
덩치였다.

"참나, 어디서 굴러먹다 들어와서
지랄이야."

나는 복도로 나가 소리쳤다.

"영감님들 집에 들어가세요. 집에
할머니와 자식들이 있잖아요. 여기서 죽쳐봤자
외상값만 늘어나요!"

내가 떠들자 웅성거리는 소리와 함께 몇몇
룸에서 문이 열렸다. 나의 행동을 막으려는 듯
사장이 튀어나오는 것을 보고 선빵을 날렸다.
주먹을 맞은 사장이 우당탕 소리를 내며
테이블을 쓰러뜨리고 넘어졌다. 웨이터 두
명이 널브러진 사장을 보았다. 사장은 둘에게
소리쳤다.

"멍청한 새끼들아 뭐 해!"

나는 한 놈의 어깨를 잡고 주먹을 날렸다.

웨이터는 고개가 돌아갔지만 넘어지지는
않았다. 다른 놈의 주먹이 날아왔다. 별이 번쩍
보였다. 역시 마음은 앞섰지만, 몸은 16년 전이
아니었다. 나는 복도에 내동댕이쳐졌다.

사장과 젊은 웨이터들이 씩씩거렸다.
사장도 턱이 아픈지 손으로 매만지며 말했다.

"당신 도대체 뭐야? 살인으로 복역했다는
것도 구라지?"

통증이 몸 곳곳에서 느껴졌다. 그런데 왜
기분이 좋지? 나는 일어섰다.

"이 새끼들아 궁금하면 직접 알아봐."

나는 소리치면서 셋에게 달려들었다. 그
후는 어떻게 됐는지 모르겠다.

울리는 전화벨 소리에 눈을 떴다.
주변에서 지린내가 진동했다. 주변이 어두워서
잘 보이지 않았지만, 건물 뒤쪽이었다. 아 참,
싸우고 있었지? 나는 몸을 일으켜 세웠다.

가슴에서 통증이 전해지는 것이 갈비뼈에 금이 간 것 같았다.

전화벨이 끊겼다가 다시 울렸다. 뒷주머니에 꽂아두었던 스마트폰을 꺼냈다. 모르는 번호였다.

"여보세요."

상대는 말이 없었다. 하지만 숨소리는 분명히 전해졌다.

"너 누구야?"

─움머히, 움머히, 움머히.

작지만 혼자 되뇌는 말이 들렸다. 상혁이 귀를 막고 같은 말을 되뇌는 모습이 떠올랐다.

"상혁이냐?"

─P중학교 2학년 3반 24번 민상혁입니다.

"너 내 전화번호 어떻게 알았어? 아니 왜 전화했어?"

전화기 저편에서는 아무 말도 들리지 않았다. 상혁이 몸을 까닥거리는 것이

그려졌다. 뭔가 긴장했을 때다.

"괜찮아. 아저씨 화 안 낼 테니 천천히 말해봐."

―……구급차 타고 병원 갔어요.

구급차라는 소리에 온몸의 털이 쭈뼛 솟아올랐다. 명상, 명상 호흡을 했다. 내가 소리치면 상혁은 입을 다물 것이다.

"누가 구급차 탔어?"

―누가 쓰러지면 119에 신고해요.

나는 눈을 감고 다시 심호흡을 했다.

"그래, 잘했어. 민상혁, 구급차에 할매가 탄 거야?"

―떡볶이 할매, 쓰러졌어요. 다치면 119.

"어디로 간 줄 아니?"

―읍내 사랑 병원.

"알았다."

나는 전화를 끊었다. 건물 사이로 튀어나가 길을 달렸다. 다행히 읍내라 택시가

보였다. 나는 길에 세워진 택시를 탔다. 기사는
내 얼굴을 보고 눈알이 튀어나올 듯 커졌다.

"읍내 사랑 병원으로 갑시다."

"아, 알겠습니다."

택시 기사는 서둘러 액셀을 밟았다.
빠른 속도에 몸이 뒤로 젖혀졌다. 말 안 해도
서둘러주니 다행이었다. 사랑 병원은 읍내
외곽에 있었다.

"사랑 병원까지는 얼마나 걸립니까?"

"한 5분이면 될 겁니다."

몇 분쯤 가자 다시 핸드폰이 울렸다.
어머니 번호였다. 나는 급하게 받았다.

"여보세요. 어머니!"

전화기에서는 구급차 소리와 함께 긴박한
여자의 목소리가 들렸다.

— 할매 떡볶이 가게 할머니 아드님이세요?
구급 대원입니다.

"네. 무슨 일입니까?"

—할머니 심장 부정맥이 심해요. 어서 도병원으로 이송해야 합니다.

"지금 어딘데요?"

—읍내 사랑 병원입니다. 보호자님, 서둘러야 해요.

"읍내 병원?"

택시 기사가 철석같이 알아듣고는 말했다.

"1분."

병원이 멀리 보였다.

"1분만요. 저도 거의 다 왔습니다."

택시는 곡선 도로에서도 속도를 줄이지 않고, 경광등이 번쩍이는 구급차 앞까지 가서 멈췄다. 나는 주머니에서 만 원짜리를 하나 꺼내 건네고는 내려서 구급차에 올라탔다.

어머니가 누워 있었다. 고통스러운지 얼굴을 찡그리고 있었다. 나는 어머니 곁으로 다가가 앉았다. 통화를 했던 여성 구급 대원이 나를 보고 놀랐다.

"제가 아들입니다."

안쪽의 남자 구급 대원이 운전석에
"출발!"이라고 외쳤다. 차가 굉음을 내면서
출발했다. 여성 구급 대원이 나에게 말했다.

"평소 가슴 통증이 있었나요?"

구급 대원의 질문에 어머니가 전에 했던
행동이 눈에 그려졌다. 어머니는 몇 번 가슴
통증이 있었다. 가슴을 부여잡을 때, 내가
떡볶이 만들도록 연기하는 줄만 알았는데……

"……네, 있었어요. 심각한가요?"

"읍내 사랑 병원에서는 급성 심근경색
같다고 해요. 지금 매우 위험한 상황이에요."

나는 스스로에게 분노가 치밀었다. 이를
악물고 주먹을 쥘 수밖에 없었다. 이 개새끼야.
이 버러지보다 못한 놈아! 나는 스스로에게
벌을 내려야 했다. 주먹으로 찌릿거리는
가슴을 쳤다. 아까 싸우다가 금이 간
갈비뼈에서 바늘로 찌르는 고통이 찾아왔다.

"으…… 나쁜 놈."

"근데 선생님은 괜찮으세요?"

"……괜찮습니다."

"계속 피가 흘러요."

여성 구급 대원이 손거울을 건넸다.
얼굴에 피 칠갑을 하고 있었다. 택시 기사가
괜히 놀란 것이 아니었다.

"치료할게요."

다시 거울을 건네자 구급 대원은
머리카락을 들어 소독하고 치료를 시작했다.

"기, 기철아."

나는 급하게 어머니 손을 잡았다.

"네, 저 여기 있어요."

나는 귀를 어머니 얼굴로 가져갔다.

"으…… 가게는 너 가져라. 호,
호프집이라도 하면서 저, 정직하게 살아."

"이 할망구야 무슨 소리야! 왜 죽을 것
같은 소리를 해!"

4

오늘은 만두피를 만드는 날이다. 나는
평소보다 조금 더 일찍 일어나 차진 반죽과 된
반죽을 만들기 시작했다. 일주일 치를 만드는
것이기에 양이 많았다. 어머니의 만두피는
얇아도 강철같이 질겨 야채 즙을 그대로
보존하였다. 괜히 인기 있는 것이 아니었다.

만두소를 만두피에 올리고 오므렸다.
어머니의 만두는 나뭇잎 모양이다. 밑에서부터
양쪽 피를 가운데로 모아 누르며 올라가는
것이다. 처음에는 잘 봉해지지 않았지만,
모양이 점점 나아졌다.

"이놈아. 당면이 튀어나왔잖아! 이러면
누가 사 먹냐? 리듬을 타서 오므리라고
했잖니."

어머니의 손이 왔다 갔다 움직이더니 예쁜
나뭇잎 모양의 만두가 완성되었다.

"손이 두꺼워서 저는 어머니처럼 못
한다고요!"

"이놈아, 누군 태어날 때부터 잘했냐?"

나는 당면이 튀어나온 만두를 던지며
자리에서 일어났다.

"아, 내가 만두 만드는 것 배워서 뭐 해요!"

'어머니가 호프집 하라면서요'라는 말을
삼켰다. 어머니는 손을 가슴으로 가져가며
금세 우는소리를 냈다.

"나 환자잖니."

어머니는 도 병원에 가서 긴급 시술을
받았다. 스텐트삽입술이었다. 어머니는 일주일
후 퇴원했다. 2주에서 한 달은 입원해야
했지만, 어머니가 괜찮다고 의사에게 고래고래
소리 질러 퇴원했다. 어머니는 돈이 아깝다는
이유를 붙였지만, 떡볶이 때문이란 것을
직감했다.

의사는 심근경색증으로 손상된 심장근이

재생되지 않으니 조심 또 조심하라고
경고했다. 그리고 고령의 노인은 시술했어도
1년 내 사망률이 높다고 했다. 난 '재수 없는
소리 마쇼'라고 일갈하고 병원을 나왔다.

자리에 앉으며 만두피를 다시 집었다.

"어머니, 병원에서 무리하면 안 된다고
했잖습니까? 떡볶이 가게 접으면 안 돼요,
그냥……?"

어머니는 언제 그랬냐는 듯 다시 큰
목소리를 냈다.

"니 좋으라고! 호프집은 내 눈에 흙이
들어가기 전까지는 안 돼!"

내 손에서는 아까보다 더 못생긴 만두가
만들어졌다. 나는 다시 못생긴 만두를 쟁반에
던지며 일어섰다.

"더럽게 어렵네."

"일 안 하고 어디 가냐?"

어머니 목소리를 들으면 심장이 아픈

사람이라고 느껴지지 않았다. 내가 호프집을 하는 날은 영원히 안 올지도 모른다.

"마당 쓸러 가요!"

어머니가 일주일 가게를 비웠지만, 손님은 줄지 않았다. 어른들도 아이들도 어머니의 떡볶이를 좋아했다. 저 멀리 상혁이 보였다.

"어이, 밤톨 머리 왔냐?"

상혁은 항상 짧은 스포츠머리를 하고 있었다. 나는 손으로 상혁의 머리를 만졌다. 까슬까슬한 게 느낌이 좋았다. 상혁은 내가 무서운지 어깨를 움츠렸다. 어머니가 쓰러졌을 때, 상혁이 구급차를 불렀다. '누가 쓰러지면 119에 신고해요.' 상혁이 머릿속에 외운 대로 실천한 것이다. 상혁이 어머니를 구했으니 화해를 해야겠지.

"상혁아. 아저씨랑 화해하자."

상혁의 시선이 왔다 갔다 마구 움직였다.

"아저씨 이름이 뭐지?"

"할매 아들. 안기철."

"안기철이 뭐야? 인사해봐."

"안녕하세요. 안기철 아저씨."

"오냐, 앞으로 그렇게 인사해라."

나는 팔을 걷어 도깨비 문신을 보여줬다.

"어때?"

"도깨비 문신, 멋있어요."

"그렇지. 아저씨는 서울에서 조폭 대장이었어."

"아저씨는 조폭의 대장."

"하하 그래그래. 상혁이 네가 날 이해해주는구나. 아저씨가 젊었을 때, 10 대 1로 싸워서도 이겼단다. 그런데 늙은 어머니를 위해 돌아온 거야."

"네, 안기철 아저씨는 어머니를 위해 돌아온 거예요."

나는 웃으며 상혁에게 어깨동무했다.

"그래. 너도 아저씨에게 편하게 해.

배고프지? 만떡이 먹으러 들어가자. 넌 평생
무료야."

그렇게 하루하루 상혁이와 만나면서 조폭
시절 이야기를 했다. 아무도 들어주지 않는
나만의 영광스러운 과거를 상혁은 들어주었다.
난 떡볶이 가게에서 상혁이 오는 시간을
기다렸다.

"오, 밤톨 머리 왔냐?"

"할매 아들 안기철 아저씨 안녕하세요."

"오냐오냐. 그다음은?"

"팔에 도깨비 문신 있어요. 등에 용 문신
있어요. 멋있어요."

"하하하 그렇지."

나는 상혁과 하이파이브했다. 어머니가
만떡이를 담은 그릇을 홀의 선반에 놓았다.

"잘 논다. 잘 놀아. 이거 어서 저기
학생들에게 갖다줘."

그러던 어느 날 상혁이 보이지 않았다.

매일 보다 하루 안 보이니 이상했다. 어머니도
궁금한지 주방에 달린 작은 창문으로 연신
밖을 내다봤다. 상혁은 '금일 휴업'이라고 써도
가게 앞에서 기다린 아이다.

"어머니, 오늘 밤톨 머리가 왜 오지
않았죠?"

"그걸 내가 어떻게 아냐!"

"루틴을 어기면 큰일 나는 아인데. 왜 안
오지?"

상혁의 어머니가 데리러 오는 시간이 다
되도록 상혁도 애 어머니도 보이지 않았다.
어머니도 애가 타는지 냉장고에서 냉수를
꺼내 마셨다. 손님이 없어 벌써 정리해야
하는데 어머니는 빨갛게 졸아붙은 떡볶이에
육수를 붓고 휘휘 저었다. 1인분 정도가 남아
있었다. 만두 찜기에서도 김이 올라왔다.
가스를 아직 끄지 않은 것이다.

전화라도 해볼까? 나는 어머니가 병원에

실려 가던 날을 기억했다. 거기에 상혁이가 건 전화번호가 있었다.

"어머니, 상혁이에게 전화해볼까요?"

어머니는 말없이 떡볶이만 계속 저었다. 나는 상혁의 전화번호를 눌렀다. 잠시 후 전화 속에서 상혁의 목소리가 들렸다.

— 여보세요.

"나야. 도깨비 문신 아저씨."

— 아, 할매 아들. 안기철 아저씨.

"그래, 오늘 왜 안 왔어?"

— 할매 떡볶이 맛있어요. 병원 가느라 못 갔어요. 엄마가 못 가게 해요.

갑자기 전화기 속에서 상혁의 어머니 목소리가 들렸다.

— 상혁이 엄마예요.

"아, 예. 병원이라니요?"

잠시 말이 없었다.

— 일이 있었어요. 상혁이가 다쳐서

치료하느라…….

"아, 밤톨, 아니 상혁이는 괜찮은 거죠?"

상혁 어머니와 말하는 중에도 옆에서
상혁의 목소리가 계속 들렸다.

'할매 떡볶이 맛있어요. 멸치 액젓과 간
마늘로 홍합을 볶아요. 거기에 육수를 넣는
것이 할매 떡볶이 비법이에요.'

'얘가, 지금 떡볶이 가게 문 닫았어'라고
질책하는 상혁의 어머니 목소리가 들렸다.
나는 주방의 어머니를 돌아보았다.

"빨리 오라고 해."

어머니는 찜기 뚜껑을 열었다. 하얀 김이
공중으로 올라갔다. 나는 전화기에 대고
말했다.

"아직 안 닫았어요. 부담 갖지 마시고
오세요."

나는 전화를 끊었다.

"상혁이 어머니와 같이 오려나 봐요."

어머니는 냉장고에서 만두 몇 알을 더 꺼내더니 찜기에 넣고 불을 세게 올렸다. 10분 후 상혁과 그 어머니가 왔다. 상혁은 눈 옆을 다쳤는지 거즈를 붙이고 있었다. 상처가 커 보였다.

"상혁아."

"안녕하세요. 할매 아들. 안기철 아저씨."

상혁은 어머니를 보고도 인사했다.

"안녕하세요. 할매, 30년 전통의 떡볶이 할매."

상혁의 어머니가 상혁의 등을 때렸다.

"얘가 버릇없이 왜 그래."

어머니가 만떡이 두 그릇을 만들어 쟁반에 들고 주방을 나왔다.

"괜찮아요. 그 진짜 뜻을 몰라서 그래? 엄마도 아직 저녁 전이지?"

"그래도. 매일 죄송해서."

누군가에게는 버릇없게 보일지 모르나

상혁이는 30년 전통이 대단하다는 것을
말하고 싶었던 것이다.

"엄마, 할매 아들 안기철 아저씨는 팔에
도깨비 문신 있어요. 등에 화려한 용 문신
있어요."

처음 듣는 사람은 거부감을 가질 수도
있다. 상혁을 가만히 두었다가는 조직에
있었다는 것까지 말할 것이다. 나는 얼른
어머니가 든 쟁반을 받아 테이블에 놓았다.

상혁은 손으로 허공을 훑는 의미 없는
행동을 하면서 입으로 떡볶이와 만두를
가져갔다. 어머니가 상혁의 얼굴을 보고는
상혁 어머니에게 물었다.

"왜 그런 거요?"

상혁의 어머니는 말하기 곤란한지 입을
다물었지만, 상혁의 입이 열렸다.

"학교 폭력! 아이들이 저를 때렸어요."

상혁의 어머니가 아들의 입을 막았다.

"뭐? 누가 때렸어?"

내가 묻자 상혁이 답했다.

"5번 김상재, 17번 이성현, 23번 한민수가 때렸어요. 학교 폭력이에요."

나는 화가 났다. 조직의 후배가 상대 조직에게 맞고 들어왔을 때의 기분이었다.

"얼마나 다친 거야?"

"나를 밀어서 이마가 모서리에 찢겼어요. 피 많이 났어요. 의사 선생님께서 진피는 네 바늘, 표피는 열여덟 바늘 꿰맸어요."

나는 자리에서 벌떡 일어났다.

"이런 시부랄 놈들! 어서 가자. 다시는 못 걸어 다니게 손봐줄 테다."

"할매 아들 안기철 아저씨 조폭의 대장이에요. 10 대 1로도 이겨요."

상혁 어머니는 나의 흉폭한 모습에 놀랐는지, 몸이 얼어붙었다. 거기에 상혁이 기름을 끼얹은 것이다.

어머니가 흥분한 나의 뒤통수를 때렸다.

"이놈아. 애한테 좋은 것 가르쳤다. 그리고
누가 누굴 손봐줘?"

"상혁이 보세요. 이마가 찢어졌다잖아요.
그런 악질들은 정상적인 방법으로는 안
된다고요."

"왜 그러다 또 죽이려고?"

"아이, 아니라니까요. 몇 번을 말해요."

"제발! 그냥 두세요!"

상혁의 어머니가 목소리를 높여 어머니와
나의 말싸움은 중지되었다.

"서울에서 살다가 왕따 문제로 다시
고향에 돌아온 거예요. 여기서도 문제가
불거지면 저희는 갈 곳이 없어요."

상혁이 어머니가 고개를 숙였다. 어머니는
주방에서 휴지를 가져와 테이블에 올려놓았다.

"이놈은 내가 단속할 테니 걱정 마요.
알았냐, 이놈아?"

"알았으니까 다 큰 아들 머리 좀 그만 때리세요."

"이놈아, 내 눈에는 상혁이보다 네가 더 걱정이야."

어머니와 말을 하면 할수록 불리하다. 나는 자리에 앉아 상혁의 어머니를 바라봤다.

"그놈들은 이제 어떻게 되는 겁니까?"

상혁의 어머니는 휴지로 눈물을 찍어내며 말했다.

"아마 학교에서 징계를 받을 거예요. 피해가 크니 출석정지 받겠죠."

나는 오른손 주먹으로 왼 손바닥을 때렸다.

"이건 형사사건인데 겨우 출석정지? 퇴학을 받아야지요."

"중학교는 퇴학이 없어요. 그리고 촉법소년이라 형사처벌도 안 받고요."

퇴학이 없다고? 언제 세상이 이렇게

변했지?

"학교에서 잘 처리하겠죠. 저는 그저
다시는 이런 일이 일어나지 않기를 바랄
뿐이에요."

"상혁이는 제…… 그러니까 친구입니다!
그러니 도울 일 있으면 말씀해주십시오."

"알겠어요. 두 분 모두 고맙습니다."

나는 상혁의 밤톨 머리를 손으로
흐트러뜨리며 만졌다. 물론 움직일 머리카락은
없지만 말이다.

"상혁아, 그놈들이 또 괴롭히면
아저씨에게 말해야 한다. 알았지?"

"네네. 아저씨는 조폭 대장으로 10 대 1로
싸워도 이겨요. 팔에 도깨비 문신 있어요."

나는 상혁의 어머니 눈치를 보면서 상혁의
포크로 떡볶이를 찍어 입에 넣어주었다.

"상혁아 그건 그만 말하고 떡볶이 먹자."

"할매, 떡볶이 맛있어요. 단호박으로 만든

비법의 양념이에요."

"그래. 상혁아 더 먹어."

상혁의 어머니는 자신 앞에 있는 떡볶이를 상혁 앞으로 밀었다. 상혁은 떡볶이를 보고는 손가락을 허공에 까딱거렸다. 기분이 좋은 것 같았다. 나의 눈에 빨간 점이 들어왔다. 상혁의 얼굴에 붙은 흰 거즈 위로 붉은 피가 점이 되어 번져 나왔다. 더불어 나의 불안한 마음도 퍼져나갔다.

5

오늘도 만두피를 만들었다. 반죽 만들기는 점점 추워지는 요즘에도 이마에 땀을 맺히게 했다. 팔의 미세 근육을 모두 써야 했다.

"어머니, 어차피 두 반죽을 합치는 것이 비법이라면 차진 반죽과 된 반죽을 기계로 만들면 안 돼요?"

"그냥 해."

"이러다가 제가 골병들 것 같아서 그래요."

"너 어차피 나 죽으면 호프집 할 거라면서?
왜 비싼 기계를 사?"

"뭐, 반죽 기계가 얼마나 비싸다고요."

"흥, 네 몸값보다 비쌀걸?"

"뭐, 말을 그렇게 하세요."

나는 치대던 반죽을 탁 하고 내려놨다.
그리고 스마트폰을 꺼내 반죽기를 검색해봤다.
쓸 만한 것은 수백만 원에서 천만 원이
넘는 것도 있었다. 내 몸값보다 비싸다는
말에는 동의할 수 없지만, 덜컥 살 수는 없는
가격이었다.

"떡볶이 가격 좀 올리세요. 읍내에는
5000원 하는 커피도 있다고요."

어머니는 떡볶이 떡을 떼면서 말했다.

"나 죽을 때까지는 올릴 생각 없다."

어머니 돌아가시라고 빌 수도 없고, 정말

진퇴양난이었다.

"상혁이를 아르바이트로 한번 키워볼까?"

"미친놈."

말은 거칠게 했지만, 떡을 떼는 것도
힘든지 가슴을 잡고 거친 숨을 자주 쉬었다.
시술 후에도 숨이 자주 찬다고 했다.

"노인네. 그만두자니까……."

나는 다시 반죽 덩어리를 잡고 주무르기
시작했다. 단골도 계속 찾아왔다. 학생들과
상혁이도 왔다. 40년 전통의 할매 떡볶이는
계속 이어졌다.

그렇게 일주일쯤 흘렀을 때였다. 중학생들
자리로 서빙하는 중에 주방에서 와당탕
소리가 났다. 순식간에 홀이 조용해졌다.
어머니가 육수 통을 엎어뜨린 것이다. 나는
주방으로 돌아 들어갔다. 어머니는 한 손은
벽을 한 손은 심장께를 짚고 있었다.

"어머니 괜찮으세요? 왜요? 심장이

아파요?"

어머니는 숨을 크게 몇 번 쉬더니 몸을 일으켰다. 얼굴이 하얗게 떠 있었다.

"괜찮다. 그보다…… 상혁이 아직 안 왔니?"

나는 시계를 보았다. 올 시간이 30분이나 지나 있었다. 뭐 30분이 아무것도 아닐 수 있지만 상혁에게는 아니다. 루틴을 생명같이 지키는 상혁이었다.

"아직이에요. 일단 좀 앉으세요."

나는 홀에서 의자 하나를 가져와 어머니를 앉혔다.

"느낌이 안 좋구나."

"그게 문제가 아니라 어머니는 괜찮아요? 119 부를까요?"

"괜찮아. 내가 숨찬 게 하루 이틀이니?"

어머니는 바닥에 엎어진 육수를 바라봤다.

"내 40년 동안 육수 통을 놓친 적이 한 번도 없는데……"

미신이다. 상혁이 안 오니 육수 통 엎지른 것과 결부시켜 괜히 걱정하는 것이다.

"어머니 손아귀에 힘이 빠지니 놓친 거지요."

"아니야. 네가 살인죄로 잡혔을 때도 만두 찜기가 폭발했어. 불안한 마음이 있었는데 아니나 다를까 경찰서에서 연락이 온 거야."

"그럼 상혁이에게 전화해볼게요."

나는 스마트폰을 꺼내 상혁이 번호를 눌렀다. 전화기가 꺼져 있다는 안내 멘트가 나왔다. 나도 슬슬 걱정이 되었다.

"전화기가 꺼져 있네요."

"저런……."

어떻게 알아볼 방법이 없을까? 홀에서 중학생 아이들이 무슨 일인가 하고 이쪽을 바라보고 있었다. 그래, 중학생 아이들!

"어머니 잠시 기다려보세요. 제가 알아볼게요."

나는 주방을 돌아 홀로 나갔다.

"여기 2학년 3반인 사람?"

상혁이 매일같이 자기소개를 하여 외우고 있었다. 구석의 두 여학생이 손을 들었다. 나는 아이들에게 다가갔다.

"너희 반 상혁이 오늘 학교 왔니?"

"특수반 상혁이요?"

"그래."

두 여학생은 마주 보았다. 서로의 눈빛으로 사실 확인을 하고는 나를 보았다.

"왔어요. 분명히 기억나요."

"오늘 상혁이 무슨 일 있어?"

여학생들은 고개를 좌우로 흔들었다. 나는 상혁이를 괴롭혔던 아이들 이름을 말했다.

"너희 반 김상재, 이성현, 한민수는? 상혁이 괴롭혔던 애들 있잖아."

"걔네들은 며칠 전부터 학교에 안 와요. 출석정지 당했거든요."

머리에 번개를 맞은 것처럼 충격이 왔다.
복수다. 분명히 그놈들이 보복하려고 한
것이다. 어머니도 이쪽을 보고 있었다.

"네가 한번 나가봐라."

"어머니는요? 괜찮아요?"

어머니는 '금일 휴업'이라고 쓰인 종이를
나에게 건넸다.

"어차피 육수를 쏟았는데 여기까지
해야지."

"그래요. 일단 제가 찾아볼 테니 걱정 말고
기다리세요."

나는 현관에 '금일 휴업' 종이를 붙이고
밖으로 나왔다. 고등학교가 끝났는지
고등학생들이 지나가기 시작했다.

나는 학교 쪽으로 뛰어가며 주변을
살폈다. 내 가설이 맞는다면 그놈들은 학교
앞에서 상혁을 기다렸을 것이다. 교문까지
왔지만, 상혁의 흔적은 보이지 않았다.

"이 양아치 새끼들 도대체 어디로
갔을까?"

머릿속에 처음 고향에 돌아왔을 때가
생각났다. 양아치들은 뚝방에 있기 마련이다.
다시 길을 돌아 뚝방으로 뛰었다. 뚝방으로
가자 첫날 만났던 노랑머리, 금 목걸이, 문신이
있었다. 셋은 나를 보자 피우던 담배를 서둘러
껐다.

"이 새끼들이 만났으면 인사를 해야지."

문신이 대답했다.

"왜요?"

"너희 중학교 김상재, 이성현, 한민수
알아?"

셋은 서로 마주 봤지만, 모르는 눈치였다.
문신이 손을 들어 강 건너편을 가리켰다.

"중학생은 반대편에서 놀아야 해요."

"어떻게 가는데?"

"저기 교각을 건너가면 돼요."

"알았다."

나는 다시 뛰기 시작했다. 숨이 턱까지 차올랐다. 교각 건너에는 갈대가 어지럽게 솟아나 있었다. 뚝방길을 따라가자 사람들이 지나다녔는지 갈대 사이 풀이 밟힌 길이 있었다. 나는 서둘러 길을 내려가다 돌에 걸려 넘어졌다. 언덕이라 몸이 마구 굴렀다. 덕분에 빨리 내려왔다.

커다란 갈대 때문에 보이지 않았지만, 강가로 내려오니 남학생 두 명이 담배를 피우고 있었다. 아이들은 굴러 내려온 나를 보고는 들고 있는 담배를 꺼야 할지 말아야 할지 고민하는 표정을 지었다. 나는 일어나지도 않고 물었다.

"김상재, 이성현, 한민수?"

둘은 고개를 가로저었다. 나는 몸을 일으켰다.

"김상재, 이성현, 한민수 여기 왔나?"

"안쪽에요."

나는 아이들이 손으로 가리킨 길을 따라 걸어 올라갔다. 갈대 사이로 아이들이 보였다.

"상혁아!"

상혁은 옷을 벗고 팬티만 입고 있었다. 겁에 질렸는지 두 손으로 귀를 막고 상체를 앞뒤로 흔들고 있었다.

"움머히, 움머히, 움머히."

상혁이 놀란 것이다. 내 안에서 분노가 솟아올랐다.

"이런 개새끼들!"

난 상혁에게 달려가 안아주었다. 어머니가 상혁을 진정시킨 것처럼 안고 등을 두드려주었다. 상혁의 목소리가 점점 작아지며 진정되었다.

"뭐야, 이 아저씨?"

키가 나보다 조금 작은 아이가 말했다. 나는 고개를 돌려 매섭게 째려봤다. 이가 갈리는 소리를 내며 일갈했다.

"너희 뒤질 준비 하고 있어."

"아이 좆같네."

"입 닥치고 기다려라."

상혁이 안정된 것 같아 널브러진 교복을 주웠다.

"어서 옷 입자 상혁아."

"움머히. 할매 아들 안기철 아저씨."

"그래. 내가 널 구하러 왔다."

"안기철 아저씨가 구하러 왔어요. 폭력은 나빠요. 움머히."

"그래. 그래. 아저씨 뒤에서 기다려."

상혁에게 옷을 입히며 양아치들을 어떻게 혼내줄까 생각했다. 셋은 한눈에도 불량해 보였다. 하지만 덩치는 건너편 고등학생들보다는 작았다. 주먹으로 쉽게 응징할 수 있겠지만, 이런 일이 반복되면 안 된다. 어떻게 해야 이런 일이 다시는 일어나지 않을까?

"너희 도대체 상혁이를 왜 괴롭히는
거야?"

대장인 것 같은 아이가 바닥에 침을 찍
하고 뱉었다.

"저 새끼 때문에 우리가 출석정지
당했다고요."

"그건 너희가 때렸기 때문이지."

"쟤는 맞을 짓을 해요."

"내가 보기에는 너희도 맞을 짓을 했는데,
한번 아저씨한테 맞아볼 테냐?"

내 말에 상혁이 뒤에서 말했다.

"안기철 아저씨는 조폭 대장으로 팔에
도깨비 문신 있어요. 등에 용 문신 있어요."

나는 옷을 어깨 위로 올려 도깨비 문신을
보였다. 아이들이 움찔하는 것이 보였다.

"자, 이제 시작해볼까?"

나는 손가락 관절을 꺾어 우두둑 소리를

냈다. 셋 중 하나가 핸드폰을 꺼냈다.

"오지 마! 경찰에 신고할 거야."

"그래 신고해! 너희가 이렇게 괴롭힌 것
경찰서 가서 따져보자."

"어차피 우리는 촉법소년이라
훈방이거든요. 그러면 저 이상한 놈을 더
괴롭힐 거예요."

가해자가 신고라니, 그리고 뭐? 촉법소년?
나도 학생 때 양아치처럼 굴었지만, 주먹이
오갔으면 그것으로 끝이었다. 요즘 아이들은
패기도 없고, 자존심도 없다. 내 안의 분노가
순식간에 가라앉았다.

"상혁아. 가자."

"네네, 안기철 아저씨. 움머히."

나는 돌아서 가해 학생들을 보았다.

"상혁이는 이상한 아이가 아니야. 특별한
아이지."

"뭐라는 거야?"

나는 상혁을 데리고 교각을 건너 마을로
돌아왔다. 뚝방 아래서 고등학생 양아치들이
보였다. 좋은 아이디어가 하나 떠올랐다.
조직에 있을 때, 군소 조직을 상대하는
방법이었다. 나는 편의점에 들어가 담배 한
보루를 샀다. 그러고는 상혁과 함께 뚝방을
내려갔다. 문신이 나를 보고 물었다.

　　"또 왜요?"

　　"부탁 하나만 해도 될까?"

　　"우리가 그런 사이는 아니잖아요."

　　나는 편의점에서 산 담배 한 보루를 그들
앞에 던졌다. 그리고 상혁의 머리를 밀어
앞에 세웠다. 상혁은 이상한 상황에 손가락을
까딱거리며 중얼거렸다.

　　"중학생 양아치들이 이 아이를 계속
괴롭히는데 어떻게 안 될까? 상혁이는 머리가
조금 아픈 아이야."

　　"저 머리 안 아파요. 움머히."

"그런 뜻이 아니야. 상혁이 넌 자폐 스펙트럼이잖아. 머리가 아파서 그런 거야."

"아니에요. 머리 안 아파요. 자폐 스펙트럼은 맞지만요. 움머히."

상혁의 특유의 높은 톤과 의미 없는 말로 문신, 노랑머리, 금 목걸이는 금방 알아챘을 것이다.

"아무튼 너희들은 약한 자는 괴롭히지 않잖아?"

"아저씨가 직접 하시면 되잖아요. 그때 우리에게 했던 것처럼 말이에요."

"나를 안 무서워하더라고. 초등학생이 제일 무서운 게 중학생이고, 중학생에게 가장 두려운 존재가 고등학생이잖아."

문신이 담배를 들었다.

"지금 어디 있어요?"

금 목걸이가 문신의 팔을 잡았다.

"너 진짜로 가게?"

"우리 후배로 들어올 텐데 기어오르기
전에 싹을 밟아둬야지."

나와 상혁은 셋과 함께 다시 교각을
건넜다. 날이 어두워지고 있었다. 건너편에
도착하자 상혁을 괴롭혔던 세 녀석이 갈대를
헤치고 올라오고 있었다. 나는 문신에게 작게
속삭였다.

"저 녀석들이야."

노랑머리가 셋을 보고는 말했다.

"저 새끼들 뚝방에 얼쩡거리던 놈들
아니야?"

문신이 나를 보고 말했다.

"어차피 한번 혼내주려고 한 놈들이네요."

"그래. 그럼 부탁한다."

중학생 양아치들은 고등학생 양아치들을
보더니 슬슬 뒷걸음쳤다. 벌써 겁을 먹은
것이겠지.

"상혁아. 가자. 할매한테 돌아가자."

"네. 할매 떡볶이 맛있어요."

"아쉽게도 오늘은 없을 거야."

그제야 어머니 몸이 안 좋았던 것이
떠올랐다. 나는 어머니께 전화를 걸었다.
통화음이 들렸지만 어머니는 전화를 받지
않았다. 안내 멘트가 나와 끊고 다시 통화
버튼을 눌렀다. 통화음이 지속될수록
심장박동이 빨라졌다.

"상혁아. 너 뛸 수 있어?"

"뛸 수 있어요."

"그럼 떡볶이 가게까지 뛰어가자."

가게에 도착하자 불이 꺼져 있었다. 나는
현관을 거칠게 열고 들어가며 어머니를
불렀다.

"어머니?"

방으로 뛰어 들어갔다. 방이 어두웠다.
불을 켜자 어머니가 누워 있었다. 심장이
덜컥하고 내려앉는 것 같았다.

"어머니 괜찮아요?"

몸이 불덩이같이 뜨거웠다. 상혁이 뒤에서
안절부절못하고 있었다.

"상혁아, 그때처럼 119 불러줘."

"네네. 다쳤을 때는 119."

상혁은 가방에서 자신의 핸드폰을 꺼내
전화를 걸었다.

"어머니, 정신 차리세요."

나는 어머니 어깨를 잡고 흔들었다.
어머니가 눈을 떴다.

"……찾았냐?"

"네, 찾았어요. 왜 그러세요? 어디
아프세요?"

"……잘했다."

"어머니! 상혁아 신고했어?"

"119 했어요. 할매 아파요."

어머니는 다시 눈을 감았고, 나는
어머니를 둘러업었다.

"상혁이 넌 집으로 들어가."

조금이라도 시간을 줄이기 위해 도로를
뛰었다. 멀리 구급차가 보였다. 나는 손을
흔들어 구급차를 세웠고, 차는 어머니를
태우고 그대로 도 병원으로 달려갔다.

6

어머니는 병원에 입원하고 나흘 후
돌아가셨다. 심장 이상이 폐렴으로 발전했는데
그것을 이겨내지 못한 것이다. 장례는 읍내
장례식장에서 치르기로 했다.

장례식장은 썰렁했다. 어머니 핸드폰을
뒤져 형, 누나에게 연락했지만, 그저
의무적으로 온 모습이었다. 나와 섞이기
싫은지 말을 걸지도 자신의 가족을
소개하지도 않았다. 나도 어머니 장례만
끝나면 만나지 않을 사람이기에 말을 걸지

않았다. 그저 자리에 앉아 어머니 영정 사진만
바라볼 뿐이었다. 이상하게 눈물은 나지
않았다. 그저 식도가 꽉 막힌 것처럼 불편한
마음이 들었다.

저녁이 되자 장례식장에 사람이 찾아왔다.
30대쯤 되어 보이는 부부였다. 형, 누나
지인인가 했는데 할매 떡볶이 단골이라고
했다. 부부는 조문하고 나와 인사했다.

"저희는 고등학교 때부터 할매 떡볶이
단골이었어요."

"이렇게 찾아주셔서 감사합니다."

그렇게 하나둘 조문객이 나타났다. 모두
할매 떡볶이 단골손님들이었다. 나는 부고가
어떻게 전해졌는지 궁금했다. 한 할머니를
잡고 물었다.

"그런데 어머니가 돌아가신 줄 어떻게
아셨어요?"

"오늘 떡볶이 사러 갔는데 웬 남학생이

가게 앞에서 알려줬어. 가게에 매일 있던 자폐
아이 있잖아."

상혁이였다.

"그 아이가 가게 앞에서 하루 종일 서서
오는 손님들에게 알려주고 있어."

나는 장례식장을 뛰쳐나갔다. 저녁 시간이
지나 어두웠다. 병원 앞에 빈 택시가 있어
잡아타고 가게로 갔다.

"기사님 잠시 기다려주세요."

나는 택시에서 내려 가게 앞에 서서 몸을
까딱까딱 흔드는 상혁을 불렀다.

"상혁아."

"할매 아들 안기철 아저씨. 떡볶이 할매
돌아가셨어요. 천국 갔어요."

어머니가 돌아가시고도 나지 않던 눈물이
갑자기 터져 나왔다. 나는 상혁을 안고 엉엉
울었다.

"움머히, 안기철 아저씨 울지 마세요."

상혁이 등을 두드려주었다. 뒤뚱거리며 걷는 어머니가 생각나 눈물이 솟아올랐다. 그렇게 몇 분 더 울었다.

"상혁아. 떡볶이 할매 보러 갈까?"

"네네. 읍내 병원 장례식장에 있어요."

나는 가게로 들어가 종이에 상을 알리는 글을 써서 현관에 붙였다. 부고의 끝에는 '할매 떡볶이는 돌아옵니다'라고 썼다. 상혁과 함께 기다리는 택시를 타고 장례식장으로 돌아왔다.

나는 앞치마를 둘렀다. 어머니 장례식이 끝나고 호프집을 내는 대신 떡볶이를 만들기로 했다. 장례식장까지 찾아와준 단골손님들과 학생들을 보고 다짐했다. 나는 어머니 전통을 잇기로 했다. 어머니가 시켰던 기억을 더듬으며 만두와 떡볶이를 만들었다.

"단호박 죽을 끓여 떡볶이 양념장을 만들고, 무말랭이와 북어 대가리로 육수를 끓이는 거였지?"

나는 빨간 떡볶이를 주걱으로 휘휘
저었다. 모양은 그럴듯해지는 것 같았다.
옆에서 이 모습을 지켜보던 상혁이 떡볶이를
보며 손가락을 까닥거렸다.

"상혁아, 어떠냐? 그럴듯하냐?"

"냄새 나요. 떡볶이 냄새."

"좋아. 이제 시식해보자."

나는 주걱으로 떡볶이를 퍼서 그릇에
담고는 홀로 나왔다. 상혁과 한 테이블에 마주
앉았다. 포크로 찍어 떡볶이를 먹었다. 분명
뭔가 달랐다.

상혁도 포크로 떡볶이를 찍어 입에
넣었다.

"안기철 아저씨 떡볶이 맛없어요."

"뭐가 맛없어? 할매 레시피 그대로
만들었구만."

"할매 떡볶이 맛있어요. 안기철 아저씨

떡볶이 맛없어요."

"뭐, 내 입에도 그랬으니 변명할 여지가
없구나. 무얼 빠트렸지?"

상혁이 떡볶이를 하나 더 찍어 먹으며
말했다.

"파, 없어요. 할매 떡볶이 파 있었어요."

"그렇지. 파를 빠트렸구나."

나는 보글보글 거품을 내며 끓는 떡볶이에
파를 썰어 넣었다. 하지만, 이번에도 통과할 수
없었다.

"할매 떡볶이 아니에요."

하지만 상혁은 연신 떡볶이를 입으로
가져갔다. 혹시 맛있나?

"상혁아, 아저씨 떡볶이도 맛은 있지?"

"배고파요. 배고파서 먹어요."

으…… 상혁이 나를 놀릴 리는 없고……
나는 어머니가 시켰던 기억을 더듬을 수밖에
없었다. 그렇게 한 번 만들 때마다 할매

떡볶이에 점차 다가갔다.

어머니가 돌아가신 뒤 한 달이 지난
어느 토요일, 드디어 단골손님들을 모시고
시식회를 했다. 사람들이 안 오면 어떡할까
걱정했는데 가게에 단골손님과 학생 들이
많이 찾아주었다. 기대 이상의 사람이 모여
상혁에게도 손을 빌려야 했다. 자신의 자리에
앉아 숙제하는 상혁을 불렀다.

"상혁아, 바쁘냐?"

"숙제해요."

"너, 아저씨 조수 할래?"

"조수 좋아요."

상혁의 광대뼈가 올라갔다. 기분이 좋을
때 짓는 표정이다. 나는 만떡이가 든 쟁반을
선반에 올렸다.

"좋아, 그럼 이거 1번 테이블에 가져다줄
수 있니?"

"1번 테이블에 갖다줘."

상혁은 군인이 복명복창을 하는 것마냥 외치고 만떡이가 든 쟁반을 날랐다. 1번 테이블의 부부는 웃으며 그릇을 받았다.

"잘했어. 민상혁."

"난 안기철 아저씨 조수."

"좋아. 이건 저기 구석의 5번 테이블이야."

"구석의 5번 테이블."

상혁의 도움으로 주방 일에 집중할 수 있었다. 조그만 가게지만 사람들이 들락거리니 너무 정신이 없었다. 어머니는 이것을 40년이나 했다니 정말 대단했다. 한 아주머니가 나가며 말했다.

"만두는 비슷한데, 떡볶이가…… 뭔가 부족해. 뭔가 빼먹은 거 아니에요?"

"분명히 어머니 레시피대로 했는데……."

"할매 떡볶이에는 뭔가 깊은 맛이 있었는데…… 이 떡볶이는 깊이가 없어……."

아주머니는 뒷말을 흐리더니 내 옆에 서

있는 상혁을 보았다.

"너도 수고했다."

"저는 안기철 아저씨 조수예요."

"그래, 아저씨랑 잘해봐."

"네, 또 오세요."

상혁은 형광등을 보면서 대답했다. 광대가
올라가 있는 것이 기분이 좋은 것 같았다.
사람들의 대답은 대체로 비슷했다. 만두는
비슷하지만, 할매 떡볶이 맛은 아니라고 했다.

"도대체 뭐가 틀린 거야? 순서대로 똑바로
만든 것 같은데……."

맛없는 떡볶이를 먹으면서도 어머니
단골손님들은 계속 찾아주었다. 하지만 이것도
계속될 수는 없을 것이다. 어서 할매 떡볶이를
완성해야 하는데…….

일요일 아침 일찍 일어났다. 수건을
꼬아서 이마에 질끈 맸다. 무말랭이와 북어
대가리로 육수를 얹고, 단호박을 썰었다. 그때

문이 열리고 상혁이 들어왔다.

"안녕하세요. 안기철 아저씨."

"상혁아 왜 이렇게 빨리 왔어?"

"아저씨 조수니까요."

조수로 임명해주자, 상혁은 떡볶이 가게에
열심히 들락거렸다.

"그래, 오늘은 할매 떡볶이를 반드시
부활시키자."

나는 끓는 냄비에 콩나물을 넣었다.
상혁이 옆에서 보더니 몸을 까딱거리며
중얼거렸다.

"할매 떡볶이 맛있어요. 콩나물 삶은 물로
단호박 죽을 끓여 맛있는 소스를 만들어요."

떡볶이 소스를 만들고, 레시피대로
홍합을 넣고 육수와 소스를 넣었다. 여기에
불린 떡을 넣으면 된다. 매일 똑같이 해왔던
방법이지만……

"홍합을 먼저 볶아야 하는데……"

상혁이 뒤에서 혼자 중얼거렸다. 홍합을 볶아야 한다고 한 것 같았다. 어머니는 홍합에 미리 끓인 육수와 소스를 넣었는데…… 그때 갑자기 머리에서 번개 치듯 불이 번쩍였다.

"잠깐! 상혁아 너 할매가 떡볶이 만드는 법 알려줬어?"

"아니요."

"상혁아, 떡볶이 소스 어떻게 만들지?"

상혁은 형광등을 보며 손가락을 까딱거렸다.

"할매 떡볶이 맛있어요. 콩나물 삶은 물로 단호박 죽을 끓여 맛있는 소스를 만들어요."

"만두피 만드는 것은?"

"차진 반죽과 된 반죽을 겹쳐서 강철 같은 만두피를 만들어요."

"어떻게 알았어?"

"할매가 만드는 법 말했어요."

상혁은 기억력이 특별하다. 어머니가

떡볶이를 만들면서 말한 것을 모두 기억하는
것이다.

"상혁아, 지금 홍합을 사용하려고 하는데
어떻게 해야 해?"

상혁은 눈을 냉장고로 돌리고 손가락을
까딱거렸다.

"통영에서 가져온 멸치 액젓과 간 마늘을
섞어 홍합을 볶아요. 거기에 비법 소스와
육수를 넣어요."

"잠깐!"

멸치 액젓과 간 마늘은 처음 듣는
소리였다.

"멸치 액젓과 간 마늘?"

"네네, 멸치 액젓은 찬장에 있고, 간 마늘은
냉동고에 들어 있어요."

난 찬장에서 액젓을 꺼내고 냉동고에서 간
마늘을 꺼냈다.

"고맙다. 상혁이 네가 할매 떡볶이를

부활시킨 거야."

"전 안기철 아저씨 조수니까요."

나는 곧바로 상혁의 말대로 멸치 액젓을
넣으려고 뚜껑을 열었다. 근데 얼마나 넣어야
하지? 상혁을 돌아보았다.

"상혁아 얼마나 넣어야 해?"

"할매는 국자로 세 개 넣었어요."

근데 어떤 국자지? 상혁은 내 마음을
알았는지 주방 한쪽에 걸려 있는 국자를 하나
가져왔다.

"고맙다. 마늘은?"

"할매는 도마에 올리고 칼로 잘랐어요."

상혁은 옆에서 자기가 보고 들은 대로
코치했다. 간 마늘을 넣어 홍합을 볶았다.
다음 소스와 육수를 넣고 떡볶이를 만들었다.
그렇게 떡볶이가 만들어졌다. 뭔가 오늘은
성공할 것 같은 기분이 들었다. 나는 떡볶이를
접시에 덜어 테이블로 왔다.

"자, 상혁아 먹어봐."

상혁이 포크로 떡볶이를 찍어 입에
넣었다. 긴장되는 순간이었다. 상혁은 몸을
까딱거리며 말했다.

"할매 떡볶이 맛있어요."

"어때? 비슷해?"

"네네. 비슷해요. 안기철 아저씨 떡볶이
맛있어요."

나는 손을 번쩍 들어 만세를 외쳤다.
상혁의 머리를 마구 쓰다듬었다.

"상혁이 넌 정말 특별한 조수야."

"저도 안기철 아저씨 조수가 좋아요."

그렇게 상혁의 특별한 기억력으로
어머니의 할매 떡볶이가 다시 돌아온 것이다.
찾아온 단골손님들도 맛이 돌아왔다고
칭찬했고, 학생들도 좋아했다. 내가, 아니
상혁과 함께 만든 떡볶이를 맛있게 먹는
손님들을 바라보고 있으니 뿌듯했다. 왜

어머니가 고생하면서 가격을 안 올렸는지 알
것 같았다.

　나는 시트지를 사다가 가게 유리에 붙은
'30년 전통'을 '40년 전통'으로 바꿨다. 그리고
'2대째'라는 글자를 오려 붙였다.

　"40년 전통 할매 떡볶이 2대째."

　상혁이 특유의 높은음으로 읽었다. 나는
상혁의 밤톨 머리를 손으로 문질렀다.

　"요즘에 그놈들이 너 안 괴롭히냐?"

　"네네. 안 괴롭혀요."

　"그래. 들어가자. 상혁이 너 만두피 한번
만들어볼래?"

　"만들고 싶어요."

　상혁은 잘해낼 것이다. 나는 주먹을 쥐어
상혁에게 내밀었다.

　"들어가자 조수!"

　상혁은 기쁜지 흘러가는 구름을 보면서
작은 주먹을 내 주먹에 부딪쳤다.

작가의 말

상혁이와 전직 조폭과의 우정 이야기를
잘 보셨나요? 보신 것과 같이 상혁은 자폐
스펙트럼을 가진 아이입니다. 상혁의 모델은
제 아들입니다. 아들은 말을 하지 못했습니다.
주변에서는 '말이 늦는 아이가 많다. 여덟
살에도 말을 한다'고 조언(?)해주었습니다.

지금 생각해보면 내 자식의 장애를
받아들이지 못하는 부모의 거부감이었을지
모르겠습니다. 아이에게서 여느 또래 같은
모습만 찾으며 기대감을 가졌죠. 하지만

단체 생활을 하기 힘들까 유치원 입학을
앞두고 결국 병원에서 자폐 스펙트럼 진단을
받았습니다.

이것이 차별일까요? 병설 유치원에
들어가자 담당 선생님들은 너무 힘들다고
했습니다. 장애 아이가 없었던 유치원의
업무가 두 배나 늘었다며 하소연하는
선생님의 표정이 아직도 기억나네요. 우리
부부는 특수반이 따로 있는 영종도의 단설
유치원으로 전학을 보낼 수밖에 없었습니다.

한편 기철은 전직 조폭입니다. 조직의
일인자가 되기 위해 살인죄를 뒤집어쓰고
교도소에 들어갔다가 16년을 복역하고
나오죠. 세상은 빠르게 변하고 있습니다.
기철의 기대와 다르게 조직은 점차
사라져갔죠. 기철은 자신의 선택으로 그런

상황에 몰렸지만 스스로 실패했다고 느끼는 인물입니다. 실제로 빠르게 변하는 세상에서 어려움을 호소하는 사람들이 많아졌습니다.

저는 이들 모두에게 희망을 주고 싶습니다. 기철의 어머니가 그랬던 것처럼 사람들에게 이로운 일을 하며 삶의 행복을 찾으라고 말입니다. 상혁은 전직 조폭 기철을 편견 없이 봅니다. 기철도 어머니 때문에 자주 만나는 상혁의 장점을 보죠. 둘은 친구가 되고 삶의 행복을 찾습니다.

아들은 전학 간 영종도 유치원에서 모든 선생님의 사랑을 받았습니다. 특수학교로 진학하여 이제 4학년에 올라갑니다. 학교가 재미있는지 통학버스를 탈 때는 즐거워합니다. 언어 수준은 1세에도 못 미치지만 500피스 퍼즐을 척척 맞춥니다. 언젠가 소설 속

상혁이처럼 자신만이 가지고 있는 재능을
펼쳐 보일 날이 올 것입니다.

2023년 봄

윤자영

- 03

할매 떡볶이 레시피

초판 1쇄 인쇄 2023년 2월 17일
초판 1쇄 발행 2023년 3월 8일

지은이 윤자영
펴낸이 이승현

출판2 본부장 박태근
스토리 독자 팀장 김소연
편집 강소영 곽선희 김해지 이은정 조은혜
디자인 이세호

펴낸곳 ㈜위즈덤하우스 **출판등록** 2000년 5월 23일 제13-1071호
주소 서울특별시 마포구 양화로 19 합정오피스빌딩 17층
전화 02) 2179-5600 **홈페이지** www.wisdomhouse.co.kr

ⓒ 윤자영, 2023

ISBN 979-11-6812-703-6 04810
       979-11-6812-700-5 (세트)

값 13,000원